घर की चौखट

घर सिर्फ दीवारें नहीं एहसास है

अंकुर गुप्ता

Made with ♥ on the Notion Press Platform
www.notionpress.com

इस उपन्यास को मैं समर्पित करता हूँ—

उन सभी परिवारों को, जो प्यार, समझ और सहयोग के माध्यम से अपने घर को केवल रहने की जगह नहीं, बल्कि जीवन का एहसास बनाते हैं।

उन माता-पिता, दादा-दादी और बच्चों को, जिन्होंने सिखाया कि घर केवल दीवारों का नाम नहीं है, बल्कि अनुभव, खुशियाँ और आत्मीयता का घर है।

और सबसे विशेष रूप से, अपने परिवार को, जो हमेशा मेरा सहारा और प्रेरणा रहा है,
आपके प्यार और समर्थन के बिना यह कहानी अधूरी रहती।

-अंकुर गुप्ता

क्रम-सूची

क्रम-सूची

क्रम-सूची

प्रस्तावना

घर—यह शब्द केवल चार दीवारों, छत और फर्श तक सीमित नहीं है।
घर वह स्थान है जहाँ हमारा जीवन बनता और पनपता है,
जहाँ हमारे अनुभव, खुशियाँ, सपने और संवेदनाएँ पलती हैं।
यह वह जगह है जहाँ हम खुद को सबसे सुरक्षित और स्वाभाविक रूप में पाते हैं।

आज के व्यस्त और तकनीकी युग में
अक्सर हम भूल जाते हैं कि घर का असली मूल्य
इमारत की ठोस दीवारों में नहीं,
बल्कि उसके भीतर की प्यारी यादों, समझ और परिवार के साथ बिताए गए समय में है।

इस उपन्यास में मैंने एक परिवार की कहानी को शब्दों में पिरोया है,
जो अपने छोटे-छोटे अनुभवों, चुनौतियों, खुशियों और बाधाओं के माध्यम से
हमें यह सिखाता है कि घर केवल रहने की जगह नहीं, बल्कि एहसास और जुड़ाव का स्थान है।

हर अध्याय में आप पाएँगे—
छोटी-छोटी खुशियाँ, साझा समय, नए अनुभव, संघर्ष और समझदारी।
इन सबका संगम ही घर की सच्ची ताकत बनाता है।
यह उपन्यास आपको यह एहसास दिलाने का प्रयास है
कि घर केवल दीवारों का नाम नहीं है, बल्कि प्यार, सहयोग, साहस और संवेदनाओं का घर है।

इस कहानी के माध्यम से मेरा उद्देश्य है कि पाठक
अपने घर की चारदीवारी के भीतर छुपे एहसासों और प्यार को समझें,
उन क्षणों को महसूस करें,
और उन्हें अपने जीवन में भी अपनाएँ।

आइए, हम सब मिलकर इस यात्रा में कदम रखें,
जहाँ हर पृष्ठ, हर अनुभव और हर भाव
हमें याद दिलाए कि घर सिर्फ दीवारें नहीं, एहसास है।

-अंकुर गुप्ता

भूमिका

घर—एक ऐसा शब्द जो सुनने में सरल लगता है, पर इसके भीतर छिपा है अनगिनत एहसास, यादें और रिश्तों की गहराई। यह केवल चार दीवारों और छत का नाम नहीं है, बल्कि उस प्रेम, समझ और सहयोग का प्रतीक है जो परिवार को एक साथ जोड़ता है।

इस उपन्यास में हम एक सामान्य परिवार के जीवन की झलक पाते हैं—उनकी खुशियाँ, उनकी चुनौतियाँ, उनके सपने और उनके अनुभव। यह कहानी यह दिखाती है कि घर केवल रहने का स्थान नहीं है, बल्कि एक ऐसा स्थल है जहाँ हर सदस्य का प्यार, सहारा और संवेदना घर की आत्मा को जीवंत बनाती है।

"घर की चौखट – घर सिर्फ दीवारें नहीं, एहसास है" का उद्देश्य पाठकों को यह महसूस कराना है कि घर का असली मूल्य किसी भौतिक संरचना में नहीं, बल्कि उसमें बसे रिश्तों, साझा समय और आत्मीयता में है। यह उपन्यास न केवल एक कहानी है, बल्कि एक संदेश है—घर वह है जो हमें मजबूत बनाता है, हमें जोड़ता है और हमारे जीवन की खुशियों और दुखों का सच्चा साथी बनता है।

यह पुस्तक उन सभी के लिए है, जिन्होंने अपने घर को सिर्फ रहने की जगह नहीं, बल्कि जीवन का अनुभव और प्यार का स्थल बनाया।

पावती (स्वीकृति)

मैं, अंकुर, यह पुष्टि करता हूँ कि उपन्यास “घर की चौखट – घर सिर्फ दीवारें नहीं, एहसास है” मेरी अपनी मौलिक रचना है।

इस उपन्यास के सभी विचार, कथा, पात्र और अनुभव मेरी कल्पना और लेखन का परिणाम हैं। किसी भी अन्य व्यक्ति, संस्था या प्रकाशक के अधिकारों का उल्लंघन इसमें नहीं हुआ है।

मैं यह भी पुष्टि करता हूँ कि इस उपन्यास में प्रयुक्त सभी सामग्री, उद्धरण और संदर्भ उचित रूप से उद्धृत किए गए हैं और किसी भी तरह से चोरी या अस्वीकृत स्रोतों से नहीं लिए गए हैं।

इस प्रकार, मैं अपने अधिकार और स्वीकृति की पुष्टि करता हूँ कि यह उपन्यास मेरे नाम और मेरी जिम्मेदारी में प्रकाशित किया जा सकता है।

आमुख

घर—एक ऐसा शब्द जो सुनने में सरल लगता है, लेकिन इसके अंदर की दुनिया बहुत गहरी और जटिल है।
यह सिर्फ़ चार दीवारों और छत का नाम नहीं है; यह वह स्थान है जहाँ हमारी खुशियाँ, दुख, सपने और अनुभव पनपते हैं।
हर घर अपने भीतर अनगिनत कहानियाँ छुपाए रखता है—कुछ हँसी के, कुछ संघर्ष के, कुछ सीख के।

इस उपन्यास में मैंने कोशिश की है कि पाठक महसूस कर सके कि घर का असली अर्थ केवल रहने की जगह नहीं, बल्कि एहसास, प्यार, सहयोग और समझ का घर है।
यह कहानी एक साधारण परिवार की है—जिसमें माता-पिता, बच्चे, दादा-दादी और रिश्तेदार शामिल हैं—लेकिन इसके अनुभव, भावनाएँ और संवाद हर घर से जुड़े हुए हैं।

"घर की चौखट" में आप देखेंगे कि कैसे छोटे-छोटे निर्णय, छोटी खुशियाँ, साझा समय, समर्थन और अनुभव, घर को केवल रहने की जगह नहीं रहने देते, बल्कि इसे एक जीवंत एहसास में बदल देते हैं।
कभी हँसी, कभी चिंता, कभी उत्साह और कभी संघर्ष—हर अध्याय घर के उस गहरे एहसास को दर्शाता है, जिसे केवल वही समझ सकता है, जो अपने घर में जीता है।

मेरा उद्‌देश्य केवल एक कहानी सुनाना नहीं है, बल्कि पाठक को यह महसूस कराना है कि घर का असली मूल्य सिर्फ दीवारों में नहीं, बल्कि उसमें बसे प्यार, समझ और सहयोग में है।

इस यात्रा में, मैं पाठक से यही आग्रह करता हूँ कि अपने घर और परिवार के हर पल को समझें, सराहें और जीएँ।
क्योंकि घर केवल एक स्थान नहीं, बल्कि एक अनुभव और एहसास है।

– अंकुर

1

चौखट के भीतर

घर के बाहर लगी नेमप्लेट अब भी चमक रही थी—
"शर्मा निवास"।
अक्षर वही थे, रंग वही था, पर भीतर का घर अब वैसा नहीं रहा था।

सुबह के सात बजे थे।
घर में हलचल होनी चाहिए थी—बर्तनों की खनक, चाय की सीटी, अख़बार की सरसराहट।
लेकिन उस दिन, और न जाने कितने दिनों से, घर के भीतर सिर्फ़ एक चीज़ थी—
चुप्पी।

कमरे के एक कोने में लकड़ी की पुरानी कुर्सी पर बैठे थे शिवनाथ शर्मा।
सफ़ेद होते बाल, आँखों में ठहराव और हाथों में काँपता हुआ अख़बार।
अख़बार खुला था, पर नज़रें शब्दों पर नहीं थीं।
वे बस बैठे थे—जैसे किसी के लौट आने का इंतज़ार कर रहे हों।

रसोई में सरला देवी गैस पर दूध चढ़ाए खड़ी थीं।
दूध उफनकर गिरने ही वाला था, पर उनका ध्यान वहाँ नहीं था।
उनकी नज़रें बार-बार दरवाज़े की ओर उठ जातीं—
शायद बेटा बाहर आ जाए,
शायद बहू कुछ बोले,

शायद कोई पूछ ले—
"माँ, आपने चाय पी?"

लेकिन रसोई की दीवारें सिर्फ़ उनकी साँसों की आवाज़ सुन रही थीं।

दूध गिरकर बुझ गया।
सरला देवी ने चूल्हा बंद किया और हल्की-सी आह भरी।
यह आह नई नहीं थी—
यह आह रोज़ की थी।

ड्राइंग रूम से मोबाइल की तेज़ आवाज़ आई।
पोता गेम खेल रहा था।
दादा वहीं बैठे थे, लेकिन बच्चे के लिए वे जैसे मौजूद ही नहीं थे।
वह स्क्रीन में खोया था,
और शिवनाथ शर्मा—
अपनी ही ज़िंदगी में।

"दादा..."
एक पल को लगा, बच्चा उन्हें पुकार रहा है।
दिल में हल्की-सी खुशी जगी।
लेकिन अगला ही पल साफ़ कर गया—
वह आवाज़ मोबाइल के किसी कैरेक्टर की थी।

शिवनाथ शर्मा ने अख़बार मोड़ दिया।
उनकी आँखें भर आईं, पर आँसू नहीं गिरे।
वे बहुत पहले सीख चुके थे—
घर में रोना भी अब निजी मामला हो चुका है।

सरला देवी दो कप चाय लेकर बाहर आईं।
एक कप उन्होंने मेज़ पर रखा, दूसरा अपने पति के सामने।

"पी लीजिए..."
बस इतना ही कहा।

शिवनाथ शर्मा ने कप उठाया।
उनकी उँगलियाँ काँप गईं।
सरला देवी ने देख लिया, पर कुछ बोली नहीं।

कभी यही घर
उनकी आवाज़ों से गूँजता था।
बच्चों की हँसी,
त्योहारों की रौनक,
रिश्तेदारों की आवाजाही।

आज वही घर था,
वही दीवारें,
वही चौखट—
लेकिन एहसास कहीं खो गया था।

दरवाज़े के पास खड़ी चौखट सब देख रही थी।
वह जानती थी—
घर अभी टूटा नहीं है,
पर दरारें पड़ चुकी हैं।

और जब घर में दरारें पड़ती हैं,
तो सबसे पहले
चुप्पी बसती है।

चौखट के भीतर
एक घर था—
लेकिन घरपन
धीरे-धीरे बाहर निकल रहा था।

2

माँ की रसोई, खाली थाली

रसोई घर किसी भी घर का दिल होती है।
और सरला देवी की रसोई—
कभी पूरे घर की धड़कन थी।

सुबह के आठ बज चुके थे।
चूल्हा जल रहा था,
सब्ज़ी कट चुकी थी,
आटे की लोई कपड़े में ढँकी रखी थी।

सब कुछ तैयार था—
बस खाने वाले तैयार नहीं थे।

सरला देवी ने रसोई की खिड़की से झाँका।
ड्राइंग रूम में बहू लैपटॉप खोले बैठी थी,
कान में इयरफोन,
उँगलियाँ तेज़ी से की-बोर्ड पर चल रही थीं।

"बहू..."
सरला देवी ने धीमी आवाज़ में पुकारा।

कोई जवाब नहीं।

उन्होंने आवाज़ थोड़ी ऊँची की—
"बहू, नाश्ता तैयार है।"
बहू ने सिर उठाया,
घड़ी की ओर देखा
और बिना मुस्कराए बोली—
"माँ, आज मीटिंग है। मैं बाहर से खा लूँगी।"
बस इतना कहकर
वह फिर से स्क्रीन में खो गई।
सरला देवी कुछ पल वहीं खड़ी रहीं।
फिर धीरे से
रसोई की ओर लौट आईं।
उन्होंने एक थाली निकाली।
फिर दूसरी।
फिर तीसरी।
एक पल रुकीं...
और चौथी थाली वापस रख दी।
यह चौथी थाली
बेटे के लिए होती थी।
लेकिन बेटा
अब अक्सर ऑफिस में ही खा लेता था।
उन्होंने दो पराठे सेंके,
सब्ज़ी परोस दी,
दही कटोरे में डाल दिया।
खाने की मेज़ पर
सिर्फ़ दो थालियाँ रखी थीं—
एक उनके लिए,
एक शिवनाथ जी के लिए।
शिवनाथ शर्मा धीरे-धीरे आकर बैठे।
उन्होंने थाली की ओर देखा
और फिर पत्नी की ओर।

"बच्चे नहीं खाएँगे?"
उन्होंने पूछ लिया,
जैसे दिल को तसल्ली देनी हो।

सरला देवी ने हल्की-सी मुस्कान ओढ़ ली—
"नहीं... सब व्यस्त हैं।"

यह 'व्यस्त' शब्द
अब बहुत आम हो गया था।
इतना आम
कि इसके पीछे छुपी उदासियाँ
दिखाई ही नहीं देती थीं।

दोनों ने खाना शुरू किया।
पराठा वही था,
सब्ज़ी वही—
पर स्वाद कहीं खो गया था।

सरला देवी ने एक कौर मुँह में लिया,
फिर आधा थाली में ही छोड़ दिया।

"आप खाइए..."
शिवनाथ जी बोले।

"मन नहीं है..."
सरला देवी ने कहा,
और यह कहकर
थाली समेटने लगीं।

रसोई में जाकर
उन्होंने बाकी बचे पराठों को ढक दिया।
फेंकना उन्हें कभी नहीं आया।
शायद इसलिए
कि उन्होंने हमेशा
संभालकर जीना सीखा था।

रसोई की दीवार पर
एक पुरानी तस्वीर टँगी थी—

पूरे परिवार की।
बेटा, बहू, बच्चे,
और वे दोनों—
मुस्कराते हुए।

सरला देवी ने तस्वीर की ओर देखा।
उनकी आँखें भर आईं।

"घर में सब है..."
उन्होंने खुद से कहा—
"लेकिन कोई भूखा नहीं,
फिर भी
माँ की थाली खाली क्यों रह जाती है?"

उन्होंने आँचल से आँखें पोंछ लीं।
क्योंकि
घर में रोना अब भी
असुविधा माना जाता था।

रसोई साफ़ करते-करते
दोपहर हो गई।
घर में फिर वही चुप्पी।

माँ की रसोई
आज भी चल रही थी—
पर अब
वह सिर्फ़ खाना नहीं पकाती थी,
वह
अपनी उपेक्षा भी पकाती थी।

और हर दिन
एक खाली थाली
चुपचाप यह कह जाती थी—
घर में लोग हैं,
पर अपनापन कम होता जा रहा है।

3

पिता की चुप्पी

शिवनाथ शर्मा कभी बहुत बोलते थे।
घर का हर फैसला,
हर सलाह,
हर कहानी—
उनकी आवाज़ से शुरू होती थी।

आज भी आवाज़ उनके पास थी,
बस ज़रूरत किसी को नहीं थी।

वे सुबह की धूप में बरामदे की कुर्सी पर बैठे थे।
धूप हल्की थी,
जैसे ज़्यादा देर ठहरना न चाहती हो।
उनके हाथों में एक पुरानी डायरी थी—
जिसके पन्ने पीले पड़ चुके थे।

यह डायरी उनकी नौकरी के दिनों की थी।
जब वे दफ़्तर से लौटते तो
बेटा दरवाज़े पर खड़ा मिलता।
"पापा आ गए!"
यह आवाज़ आज भी
उनके कानों में गूँजती थी।

आज दरवाज़ा खुला,
पर किसी ने उन्हें नहीं देखा।

बेटा जल्दी-जल्दी जूते पहन रहा था।
फोन कंधे और कान के बीच दबा हुआ था।
आवाज़ में हड़बड़ी थी।

"हाँ, हाँ... प्रेज़ेंटेशन रेडी है...
मैं रास्ते में हूँ।"

शिवनाथ शर्मा ने हल्के से कहा—
"सुनो..."

बेटे ने उनकी ओर देखा,
पर देखा नहीं।
उसकी आँखें घड़ी पर थीं।

"पापा, अभी लेट हो रहा हूँ।
शाम को बात करेंगे।"

और वह चला गया।

शिवनाथ शर्मा ने "ठीक है" भी नहीं कहा।
कहने का मौका ही नहीं मिला।

वे जानते थे—
अब 'शाम' सिर्फ़ समय होता है,
मुलाक़ात नहीं।

दोपहर में बिजली चली गई।
घर में उमस भर गई।
शिवनाथ शर्मा ने पंखा बंद होने पर
खुद ही खिड़की खोल ली।

पहले यह काम
कोई और कर देता था।

बहू कमरे से बाहर आई।
पसीना पोंछते हुए बोली—
"इतनी गर्मी है,
एसी क्यों नहीं चल रहा?"

शिवनाथ शर्मा ने धीमे से कहा—
"बिजली चली गई है।"
बहू ने बिना कुछ कहे
मोबाइल उठाया
और बाहर निकल गई।
एक पल को
उन्हें लगा
कुछ कहना चाहिए—
कि यह घर भी कभी
उनका था,
कि वे भी कभी
ज़रूरी हुआ करते थे।
लेकिन फिर
वे चुप हो गए।
क्योंकि उन्होंने सीख लिया था—
जहाँ बात की क़ीमत न हो,
वहाँ चुप्पी सस्ती पड़ती है।
शाम को वे मंदिर गए।
रोज़ जाते थे।
भगवान से कुछ माँगने नहीं,
बस
किसी से बात करने।
मंदिर की सीढ़ियों पर
वे थोड़ी देर बैठे रहे।
पास बैठे एक बुज़ुर्ग बोले—
"बेटे बाहर रहते हैं?"
शिवनाथ शर्मा ने सिर हिलाया—
"नहीं...
घर में ही रहते हैं।"

वाक्य पूरा था,
पर सच अधूरा।
घर लौटकर
वे फिर अपनी कुर्सी पर बैठे।
सरला देवी चाय लेकर आईं।
"आज कुछ बोले नहीं..."
उन्होंने धीरे से कहा।
शिवनाथ शर्मा ने चाय का घूँट लिया।
फिर बोले—
"अब बोलने से
कुछ बदलता नहीं,
इसलिए..."
वाक्य अधूरा रह गया।
सरला देवी कुछ कहना चाहती थीं,
पर शब्द उनके पास भी नहीं थे।
रात को
जब पूरा घर सो गया,
शिवनाथ शर्मा देर तक जागते रहे।
छत की ओर देखते हुए
वे सोचते रहे—
कब से
वे घर के सदस्य नहीं,
सिर्फ़
घर के रहने वाले बन गए।
उनकी चुप्पी
कमज़ोरी नहीं थी।
वह एक सीख थी—
जिसे कोई सीखना नहीं चाहता था।
और घर की चौखट
फिर एक दिन देखती रही—

एक पिता
जो बोल सकता था,
पर
सुना नहीं जाता था।

4

बेटा और शहर

शहर किसी को बुरा नहीं बनाता। वह बस आदमी से धीरे-धीरे उसका समय छीन लेता है।

अमित शर्मा सुबह से ही भाग रहा था। ट्रैफिक, मीटिंग, कॉल्स— सब कुछ एक-दूसरे में गड्डमड्ड।

कार के शीशे से बाहर वह लोगों को देख रहा था— हर कोई जल्दी में, हर कोई कहीं पहुँचना चाहता था।

उसने घड़ी देखी। दस बज चुके थे।

“आज पापा से बात भी नहीं हो पाई...” उसने मन ही मन सोचा।

लेकिन यह सोच ज्यादा देर टिक नहीं पाई। फोन फिर बज उठा।

“हाँ सर... जी, आज ही भेज दूँगा।”

ऑफिस पहुँचते-पहुँचते वह पूरी तरह घर से कट चुका था।

उसका केबिन शीशे का था— दिखाई सब देता था, पर भीतर कोई नहीं झाँक सकता था।

वह कुर्सी पर बैठा लैपटॉप खोल चुका था, पर अचानक उसे याद आया—

बचपन में जब वह स्कूल से लौटता था, पिता दरवाज़े पर खड़े होते थे।

“दिन कैसा रहा?” यह सवाल कितना मामूली लगता था तब।

आज वही सवाल कोई नहीं पूछता था, और वह किसी से पूछ भी नहीं पाता था।

मीटिंग में उसका दिमाग़ तेज़ चल रहा था। प्रेज़ेंटेशन शानदार थी। सबने तारीफ़ की।

“Good job, Amit.”

एक पल को उसे गर्व हुआ। पर अगले ही पल अजीब-सी खालीपन ने घेर लिया।

“मैं किसके लिए इतना भाग रहा हूँ?” यह सवाल उसने खुद से कई बार पूछा था।

लेकिन जवाब कभी नहीं मिला।

शाम को वह थका हुआ घर लौटा। घर का दरवाज़ा खुला था। पिता कुर्सी पर बैठे थे।

“आ गया?” शिवनाथ शर्मा ने पूछा।

“हाँ पापा...” अमित ने कहा, और कमरे की ओर बढ़ गया।

वह रुक सकता था। पाँच मिनट बैठ सकता था। दिन भर की बातें कर सकता था।

पर शहर ने उसे सिखाया था— समय पैसा है।

और घर में पैसा नहीं, एहसास चाहिए होते हैं।

रात के खाने पर सब साथ बैठे थे। पर बातचीत मोबाइल के नोटिफिकेशन से ज़्यादा लंबी नहीं हो पाई।

माँ ने पूछा— “खाना और लूँ?”

“नहीं माँ...” अमित ने कहा, और जल्दी से हाथ धोने चला गया।

वह जानता था— माँ का सवाल सिर्फ़ खाने का नहीं था।

पर वह थका था। और थकान बहाने ढूँढ लेती है।

बिस्तर पर लेटे हुए उसने छत की ओर देखा।

“मैं बुरा बेटा नहीं हूँ...” उसने खुद से कहा।

और यह सच था।

वह बुरा नहीं था। वह बस शहर में खुद को बचाने की कोशिश कर रहा था।

पर इस कोशिश में वह अपने घर को धीरे-धीरे हारता जा रहा था।

घर की चौखट आज फिर देख रही थी— एक बेटा जो घर में था, पर शहर के साथ जी रहा था।

5

बहू का आगमन

जब नेहा इस घर में आई थी,
तो उसके हाथों में मेहँदी थी
और आँखों में ढेर सारे सपने।

उसने सोचा था—
यह घर
उसका अपना घर होगा।
यहाँ वह सिर्फ़ बहू नहीं,
बेटी बनकर रहेगी।

लेकिन सपनों को
अक्सर
वक़्त की आदतें
चुपचाप बदल देती हैं।

शादी के शुरुआती दिनों में
नेहा हर सुबह
सबसे पहले उठती थी।
सरला देवी के साथ रसोई में खड़ी होती,
सीखती, पूछती—

"माँ, नमक इतना ठीक है?"
"माँ, रोटी ऐसे बनती है?"

सरला देवी मुस्कराकर
सब सिखाती थीं।
उनकी आँखों में
अपनापन था।

पर धीरे-धीरे
नेहा की सुबहें बदलने लगीं।

ऑफिस,
काम का दबाव,
शहर की दौड़—
सब एक-एक करके
उसकी ज़िंदगी में
अपनी जगह बना चुके थे।

आज वह कमरे में
शीशे के सामने खड़ी थी।
साड़ी नहीं,
ऑफिस की ड्रेस पहने हुए।

उसने खुद को देखा—
आत्मविश्वासी,
आधुनिक,
सफल।

लेकिन कहीं
बहुत भीतर
एक डर भी था।

"अगर मैं सबके लिए रुक गई,
तो खुद कहाँ रह जाऊँगी?"

यह सवाल
वह खुद से
हर दिन पूछती थी।

ड्राइंग रूम से
सास की आवाज़ आई—

"नेहा, नाश्ता..."
नेहा ने घड़ी देखी।
मीटिंग में देर हो रही थी।
"माँ, आज नहीं..."
उसने कहा।
वह जानती थी—
यह जवाब
किसी को अच्छा नहीं लगेगा।
पर वह यह भी जानती थी—
अगर वह हर बार रुकी,
तो ऑफिस में
उसे कभी समझा नहीं जाएगा।
शिवनाथ शर्मा
खामोशी से
सब देख रहे थे।
नेहा उनकी नज़रों से
नज़रें नहीं मिला पाई।
वह बुरी नहीं थी।
वह बस
डरी हुई थी।
डरी हुई
इस बात से
कि कहीं
वह भी
अपनी पहचान
इस घर में
खो न दे।
दोपहर में
नेहा ने माँ से फोन पर बात की।

“माँ, यहाँ सब अलग है...”
उसने कहा।
“घर संभालना,
ऑफिस संभालना—
सब मुझसे ही उम्मीद करते हैं।”
फोन के उस पार
उसकी माँ चुप थीं।
फिर बोलीं—
“बेटी, घर
कभी-कभी
समझौते माँगता है।
पर इतना भी नहीं
कि तुम खुद को
भूल जाओ।”
नेहा की आँखें भर आईं।
शाम को
वह घर लौटी।
थकी हुई,
उलझी हुई।
सरला देवी
रसोई में थीं।
नेहा ने चाहा—
उनसे बात करे,
कुछ कहे।
पर शब्द
उसके गले में
अटक गए।
कभी-कभी
गलतफहमियाँ
नफरत से नहीं,

चुप्पी से पैदा होती हैं।

नेहा अपने कमरे में चली गई।
दरवाज़ा बंद किया।

बिस्तर पर बैठकर
उसने सोचा—

"क्या मैं गलत हूँ?"
"या सब सही होकर भी
कुछ टूट रहा है?"

घर की चौखट
आज फिर
सब देख रही थी।

एक बहू
जो इस घर को
अपनाना चाहती थी,
पर
खुद को खोने से
डरती थी।

और यही डर
धीरे-धीरे
रिश्तों के बीच
दीवार बन रहा था।

6

बदलता घर

घर बदला नहीं था।
कमरे वही थे,
दीवारों पर टँगी तस्वीरें वही,
फर्नीचर वही—
    पर घर का मिज़ाज बदल गया था।
    अब सुबह
"नमस्ते" से नहीं,
मोबाइल की घंटी से शुरू होती थी।
    डाइनिंग टेबल
अब खाने की जगह नहीं,
एक अस्थायी स्टेशन बन चुकी थी—
कोई यहाँ बैठा,
कोई वहाँ से उठा,
कोई बिना खाए निकल गया।
    सरला देवी को याद था
जब सब एक साथ बैठते थे।
तब खाना ठंडा हो जाता था,
पर बातें गरम रहती थीं।

अब खाना गरम था,
पर बातें
फ्रिज की तरह ठंडी।

घर में
सब अपनी-अपनी दुनिया में
बंद हो चुके थे।

अमित के लिए
घर अब
आराम की जगह था—
जहाँ सोना है,
तैयार होना है,
फिर निकल जाना है।

नेहा के लिए
घर
एक संतुलन था—
ऑफिस और परिवार के बीच
खींची गई
पतली-सी रस्सी।

और शिवनाथ शर्मा व सरला देवी के लिए
घर
एक याद बनता जा रहा था—
जिसमें वे
आज भी रहते थे,
पर
जिसका हिस्सा
अब कम होते जा रहे थे।

दोपहर में
सरला देवी ने अलमारी खोली।
एक पुराना डिब्बा निकाला।

उसमें
बच्चों के स्कूल के सर्टिफिकेट,
पुराने कार्ड,
और एक लिफ़ाफ़ा।

लिफ़ाफ़े में
घर की पहली रजिस्ट्री की कॉपी थी।

उन्होंने काग़ज़ को
धीरे से छुआ।

"इस घर के लिए
हमने कितने सपने देखे थे..."
उन्होंने खुद से कहा।

शाम को
शिवनाथ शर्मा
बरामदे में बैठे थे।

पड़ोसी गुज़रे—
"अब बच्चे बड़े हो गए हैं,
घर शांत रहता होगा।"

शिवनाथ शर्मा मुस्कराए—
"हाँ...
बहुत शांत।"

लेकिन यह शांति
सुकून नहीं थी।
यह
खालीपन थी।

रात के खाने पर
आज फिर
सब साथ नहीं थे।

नेहा देर से आई।
अमित कॉल पर था।

सरला देवी ने पूछा—
“खाना गरम कर दूँ?”
“मैं खुद देख लूँगी, माँ।”
नेहा ने कहा।
इस “खुद” में
स्वतंत्रता भी थी,
और दूरी भी।
शिवनाथ शर्मा ने
चुपचाप खाना खाया।
फिर उन्होंने कहा—
“पहले
घर में
हम इंतज़ार करते थे।
अब
घर
इंतज़ार करता है।”
कोई जवाब नहीं आया।
क्योंकि
जब घर औपचारिक हो जाए,
तो शब्द
अप्रासंगिक हो जाते हैं।
रात को
सब अपने-अपने कमरों में थे।
घर के बीचों-बीच
एक बड़ा-सा हॉल था—
खाली।
वही हॉल
कभी
कहानियों से भरा रहता था।

आज वहाँ
बस.
एक बल्ब जल रहा था।
घर की चौखट
आज भी खड़ी थी।
वह जानती थी—
यह बदलाव
एक दिन में नहीं आया।
यह
धीरे-धीरे
हर "कल बात करेंगे"
के साथ
बढ़ता गया था।
और अब
घर बदल चुका था।
दीवारें कायम थीं,
पर
रिश्ते
औपचारिक हो चुके थे।

7

बच्चों की नई दुनिया

बच्चे जब छोटे होते हैं,
तो घर उनकी पूरी दुनिया होता है।
और जब बड़े होने लगते हैं,
तो दुनिया उनके हाथ में आ जाती है—
एक छोटे-से स्क्रीन के भीतर।

आरव और अनाया
ड्राइंग रूम के कोने में बैठे थे।
दोनों के हाथों में टैबलेट,
आँखों में रंगीन कार्टून,
कानों में हेडफोन।

कमरे में
दो बच्चे थे,
पर
कोई शोर नहीं।

सरला देवी ने
थोड़ी देर उन्हें देखा।
फिर मुस्कराकर बोलीं—
“आरव, दादा को नमस्ते करो।”

आरव ने बिना नज़र उठाए
हल्का-सा हाथ हिला दिया।
"हाय दादू..."

बस इतना।

शिवनाथ शर्मा
वहीं कुर्सी पर बैठे थे।
उनके चेहरे पर
मुस्कान आ गई।

"जब मैं छोटा था..."
उन्होंने बोलना शुरू किया।

लेकिन उनकी बात
किसी ने नहीं सुनी।

अनाया हँस पड़ी—
शायद स्क्रीन पर कुछ मज़ेदार था।

शिवनाथ शर्मा
चुप हो गए।

उन्होंने सोचा—
कहानियाँ अब
दादाओं से नहीं,
इंटरनेट से मिलती हैं।

शाम को
सरला देवी ने
दोनों बच्चों को बुलाया।

"आओ, बैठो।
मैं तुम्हें
तुम्हारे पापा के बचपन की
एक कहानी सुनाऊँ।"

आरव ने कहा—
"दादी, बाद में।
अभी गेम का लेवल पूरा करना है।"

“और मैं वीडियो देख रही हूँ।”
अनाया बोली।

सरला देवी के हाथ
हवा में ही रह गए।

उन्होंने धीरे से कहा—
“ठीक है...”

उनकी आवाज़ में
नाराज़गी नहीं थी,
बस
थकान थी।

नेहा यह सब देख रही थी।
उसके मन में
एक हल्की-सी चुभन हुई।

“बच्चे हैं...”
उसने खुद को समझाया।

पर सच यह था—
बच्चे वही सीखते हैं,
जो घर
उन्हें सिखाता है।

रात को
शिवनाथ शर्मा
आरव के कमरे में गए।

“चलो, मैं तुम्हें
एक पहेली पूछता हूँ।”
उन्होंने प्यार से कहा।

आरव ने
हेडफोन उतारा।

“दादू, गूगल कर लेंगे।”
वह हँसते हुए बोला।

शिवनाथ शर्मा
भी हँस दिए।

लेकिन यह हँसी
आँखों तक नहीं पहुँची।

वे कमरे से बाहर आ गए।

बरामदे में
सरला देवी खड़ी थीं।

"बच्चे बदल गए हैं..."
उन्होंने धीरे से कहा।

शिवनाथ शर्मा बोले—
"नहीं...
दुनिया बदल गई है।
और हम
उस दुनिया का हिस्सा
नहीं रहे।"

उसी रात
आरव ने स्कूल में
एक सवाल पूछा—

"टीचर,
दादा-दादी क्यों साथ रहते हैं?"

टीचर ने कहा—
"क्योंकि
परिवार साथ रहता है।"

आरव ने
यह जवाब
घर आकर
किसी से नहीं पूछा।

क्योंकि
उसकी दुनिया में
परिवार

एक परिभाषा था,
अनुभव नहीं।
    घर की चौखट
आज फिर
सब देख रही थी।
    एक नई पीढ़ी
बढ़ रही थी—
तेज़, समझदार,
पर
भावनाओं से
थोड़ी दूर।
    और कहीं न कहीं
यह दूरी
घर की
सबसे गहरी दरार
बनने वाली थी।

8

त्योहार बिना उल्लास

त्योहार
कैलेंडर में एक तारीख नहीं होते,
वे
घर के भीतर
खुशियों की दस्तक होते हैं।
    आज दीवाली थी।
    घर के बाहर
रंगोली बनी थी—
सरला देवी ने खुद बनाई थी।
हल्के रंग,
सीधे पैटर्न,
जैसे बहुत शोर न मचाना चाहती हो।
    घर के भीतर
दीये रखे थे,
पर
अभी जलाए नहीं गए थे।
    "शाम को जला देंगे..."
नेहा ने कहा था।

शाम कब आती है,
यह आज किसी को पता नहीं था।
सरला देवी
सुबह से ही
रसोई में लगी थीं।
काजू कतली,
चकली,
हलवा—
सब कुछ बनाया।
हर मिठाई के साथ
एक याद भी बनती जा रही थी।
"पिछली दीवाली
बेटा छुट्टी पर था..."
उन्होंने मन ही मन सोचा।
शिवनाथ शर्मा
पूजा की थाली सजा रहे थे।
"दीये कहाँ रखेंगे?"
उन्होंने पूछा।
"देख लेंगे..."
अमित ने मोबाइल से नज़र हटाए बिना कहा।
शाम होते-होते
घर रोशनी से ज़्यादा
फोन की चमक से भर गया।
बच्चे
पटाखों के वीडियो देख रहे थे,
असल पटाखे
किसी ने नहीं खरीदे थे।
नेहा
ऑफिस कॉल में थी।
अमित

किसी क्लाइंट को शुभकामना भेज रहा था।

पूजा की थाली
मेज़ पर
वैसी ही रखी रही।

शिवनाथ शर्मा ने
एक दिया उठाया।

"चलो, पूजा कर लेते हैं।"
उन्होंने कहा।

"थोड़ी देर..."
सबने एक-एक करके कहा।

वह "थोड़ी देर"
पूरी शाम खा गई।

आख़िरकार
सरला देवी ने
खुद ही दीये जला दिए।

एक-एक करके
रोशनी फैली।

पर
उनकी आँखों में
अंधेरा रह गया।

"अब नहीं करोगे पूजा?"
उन्होंने धीरे से पूछा।

"अगली बार, माँ..."
अमित बोला।

सरला देवी कुछ नहीं बोलीं।

शिवनाथ शर्मा
पूजा की थाली लेकर
मंदिर के सामने खड़े हो गए।

उन्होंने आँखें बंद कीं।

"भगवान..."
उन्होंने कहा,
"सब ठीक कर देना..."
शब्द आगे नहीं आए।
पूजा के बाद
मिठाई बाँटी गई।
बच्चों ने एक-एक टुकड़ा लिया।
नेहा ने कहा—
"मीठा कम कर रही हूँ।"
अमित ने कहा—
"डाइट चल रही है।"
सरला देवी ने
मिठाई का डिब्बा
फिर बंद कर दिया।
रात को
पटाखों की आवाज़
बाहर से आ रही थी।
घर के भीतर
सन्नाटा था।
शिवनाथ शर्मा ने
बरामदे से बाहर देखा।
"पहले
दीवाली घर में होती थी।"
उन्होंने कहा।
"अब
घर दीवाली के बीच
कहीं खो गया है।"
सरला देवी ने
दीये की लौ को
थोड़ी देर देखा।

लौ काँप रही थी,
पर बुझी नहीं थी।
जैसे
घर भी अभी
पूरी तरह
टूटा नहीं था।
घर की चौखट
आज भी खड़ी थी।
उसने देखा—
त्योहार था,
पर उल्लास नहीं।
और जब
त्योहार
औपचारिक हो जाएँ,
तो
रिश्तों में
सबसे पहले
अंधेरा उतरता है।

9

पहली दरार

दरारें
अचानक नहीं पड़तीं।
वे
धीरे-धीरे
चुप्पी के भीतर
उगती हैं।
    उस दिन
बात बहुत छोटी थी।
    सरला देवी
सीढ़ियों से उतरते हुए
हल्की-सी फिसल गईं।
गिर तो नहीं पाईं,
पर
पैर मुड़ गया।
    “अरे माँ!”
नेहा ने आवाज़ सुनी
और दौड़कर आई।
    शिवनाथ शर्मा भी
कुर्सी से उठ खड़े हुए।

सरला देवी
सीढ़ी पर ही बैठ गईं।

"कुछ नहीं...
बस ज़रा सा मोच आ गया है।"
उन्होंने कहा।

लेकिन उनके चेहरे की पीड़ा
झूठ नहीं बोल पा रही थी।

नेहा ने कहा—
"अस्पताल दिखा देते हैं।"

अमित ने घड़ी देखी।

"अभी?"
उसने कहा,
"आज बहुत ज़रूरी मीटिंग है।
शाम को चलेंगे।"

सरला देवी ने
फौरन कहा—
"नहीं-नहीं,
अभी मत जाओ।
शाम को ही सही।"

यह कहकर
उन्होंने अपने दर्द को
समेट लिया।

दर्द अब
उन्हें नई बात नहीं लगता था।

शाम हुई।
मीटिंग लंबी चली।

नेहा बच्चों के साथ उलझी रही।
होमवर्क,
डिनर,
फोन कॉल।

शाम
रात में बदल गई।
सरला देवी
बिस्तर पर लेटी थीं।
पैर सूज गया था।
शिवनाथ शर्मा
उनके पास बैठे थे।
"दिखा लेना चाहिए था..."
उन्होंने धीमे से कहा।
"कोई बात नहीं..."
सरला देवी ने कहा,
"कल देख लेंगे।"
लेकिन "कल"
हमेशा
सबसे भारी शब्द होता है।
रात को
सरला देवी बाथरूम जाने के लिए उठीं।
पैर फिर से मुड़ा।
इस बार
दर्द असहनीय था।
उनके मुँह से
एक हल्की चीख निकल गई।
नेहा कमरे से बाहर आई।
अमित भी जाग गया।
"अब क्या हुआ?"
अमित की आवाज़ में
चिंता से ज़्यादा
झुँझलाहट थी।
"पैर..."
सरला देवी ने कहा,

"बहुत दर्द..."

नेहा ने कहा—

"अब तो जाना पड़ेगा।"

अमित ने गहरी साँस ली।

"हर छोटी बात में
अस्पताल—
ऐसा भी क्या है?"

यह वाक्य
हवा में नहीं गिरा।
यह
सीधे
शिवनाथ शर्मा के सीने में लगा।

उन्होंने पहली बार
आवाज़ ऊँची की।

"छोटी बात?"
उन्होंने कहा,
"जब माँ को दर्द हो,
तो वह
छोटी बात कैसे हो जाती है?"

कमरा
एकदम शांत हो गया।

नेहा कुछ कहना चाहती थी,
पर रुक गई।

अमित बोला—
"मैं कह रहा हूँ
कल दिखा देंगे।"

"कल..."
शिवनाथ शर्मा ने कहा,
"कल-कब तक?"

उनकी आवाज़ काँप रही थी।

"हम बूढ़े हैं,
पर
बेकार नहीं।"
उन्होंने कहा।
यह वाक्य
पहली दरार था।
नेहा ने
धीरे से कहा—
"पापा,
हम जानबूझकर नहीं..."
"मैं जानता हूँ।"
शिवनाथ शर्मा ने बात काट दी।
"यही तो दुख है।"
अमित चुप हो गया।
आख़िरकार
वे अस्पताल गए।
डॉक्टर ने कहा—
"फ्रैक्चर नहीं है,
पर आराम ज़रूरी है।"
रास्ते भर
कोई नहीं बोला।
घर लौटकर
सरला देवी चुपचाप
बिस्तर पर लेट गईं।
शिवनाथ शर्मा
बरामदे में बैठे रहे।
रात बहुत लंबी थी।
और उसी रात
घर में
कुछ टूट गया।

ज़ोर से नहीं,
शोर से नहीं—
बस
एक ऐसी दरार पड़ी
जिसे
अब नज़रअंदाज़ नहीं किया जा सकता था।

घर की चौखट
सब देख रही थी।

उसने जाना—
यह सिर्फ़
एक पैर की चोट नहीं थी।

यह
रिश्तों की
पहली दरार थी।

और जब
पहली दरार
पड़ जाए,
तो
घर को बचाने के लिए
सिर्फ़ दीवारें नहीं,
दिल भी जोड़ने पड़ते हैं।

10

घर में अजनबी

अजनबी होने के लिए किसी नए घर में जाना ज़रूरी नहीं होता। कभी-कभी अपना घर ही सबसे ज़्यादा पराया लगने लगता है।

सरला देवी का पैर अब प्लास्टर में था। चलना मुश्किल था। कमरे से बाहर आना और भी।

सुबह हुई। रसोई से बर्तनों की आवाज़ आई— लेकिन वह आवाज़ सरला देवी की नहीं थी।

नेहा जल्दी-जल्दी नाश्ता बना रही थी। ऑफिस के लिए देर हो रही थी।

"माँ..." उसने कमरे के बाहर से कहा, "नाश्ता टेबल पर रख दिया है। आप खा लीजिएगा।"

यह कहकर वह चली गई।

सरला देवी ने बिस्तर से उठने की कोशिश की। दर्द तेज़ हो गया।

उन्होंने तकिए पर बैठकर रोटी को देखा— ठंडी।

पहले नेहा उनके पास बैठती थी। पूछती थी— "दर्द कैसा है?" आज बस सूचना दी गई थी।

शिवनाथ शर्मा कमरे में आए।

"मैं चाय ले आता हूँ..." उन्होंने कहा।

उनके शब्दों में कर्तव्य था, पर घरपन नहीं।

दोपहर में घर बिल्कुल शांत था।

बच्चे स्कूल में थे। अमित ऑफिस में। नेहा भी।

सरला देवी खिड़की से बाहर देख रही थीं।

पास वाले घर से हँसी की आवाज़ आ रही थी।

"हमारे घर में कब आख़िरी बार ऐसी हँसी आई थी?" उन्होंने खुद से पूछा।

शिवनाथ शर्मा अख़बार पढ़ने का नाटक कर रहे थे।

असल में वे शब्दों से नहीं, अपने मन से भाग रहे थे।

शाम को अमित लौटा।

"माँ कैसी हैं?" उसने पूछा।

"ठीक हूँ..." सरला देवी ने कहा।

यह 'ठीक हूँ' सबसे बड़ा झूठ होता है।

डिनर के समय सब साथ बैठे थे।

लेकिन बात केवल ज़रूरत की थी।

"नमक..." "पानी..." "चार्जर..."

शिवनाथ शर्मा ने खाना बीच में छोड़ दिया।

"मेरा मन नहीं है।" उन्होंने कहा।

नेहा ने थोड़ी देर उन्हें देखा।

कुछ कहना चाहती थी। पर न कह पाई।

रात को सरला देवी को नींद नहीं आई।

उन्होंने करवट बदली।

"आपको भी यह घर पराया लगने लगा है?" उन्होंने धीरे से पूछा।

शिवनाथ शर्मा कुछ पल चुप रहे।

फिर बोले— "घर वही है... हम शायद अब उसके हिस्से नहीं रहे।"

सरला देवी की आँखों से आँसू बह निकले।

उन्होंने उन्हें रोकने की कोशिश नहीं की।

क्योंकि अब रोने पर कोई टोकने वाला भी नहीं था।

अगली सुबह घर की चौखट फिर वही सब देख रही थी।

माता-पिता जो घर के मालिक थे, अब उसमें मेहमान की तरह जी रहे थे।

और यही किसी भी घर के लिए सबसे गहरी हार होती है।

11

पैसों की भाषा

कुछ घरों में
बातें भावनाओं में होती हैं।
और कुछ घरों में
अब
बजट में।

सुबह की चाय
आज फिर
डाइनिंग टेबल पर नहीं,
अलग–अलग कमरों में पी गई।

अमित लैपटॉप खोलकर बैठा था।
स्क्रीन पर एक्सेल शीट थी—
कॉलम, नंबर, टोटल।

नेहा पास आकर बोली—
“इस महीने खर्च कुछ ज़्यादा हो गया है।”

अमित ने सिर हिलाया।
“माँ के इलाज में...
दवाइयाँ, टैक्सी...”

वाक्य अधूरा रह गया।

कमरे के बाहर
शिवनाथ शर्मा
यह सब सुन रहे थे।

उन्होंने अख़बार मोड़ दिया।

सरला देवी बिस्तर पर बैठी थीं।
पैर अब भी दर्द कर रहा था।

"दवा खत्म हो रही है..."
उन्होंने धीरे से कहा।

नेहा ने तुरंत जवाब दिया—
"हाँ माँ, मैं लिख लेती हूँ।"

लिख लेना...
अब
याद रखने की जगह
आ चुका था।

दोपहर में
अमित ने डॉक्टर की पर्ची देखी।

"ये टेस्ट ज़रूरी हैं?"
उसने पूछा।

डॉक्टर ने कहा—
"एहतियात के लिए।"

एहतियात...
अमित के दिमाग़ में
एक ही सवाल था—
कितना खर्च आएगा?

यह सवाल
गलत नहीं था।
पर
यही सवाल
अगर हर बार
पहले आए,

तो
रिश्ते
पीछे छूट जाते हैं।
शाम को
नेहा ने कहा—
“अगर घर में कोई हेल्प रख लें
तो माँ को आराम मिलेगा।”
अमित ने कैलकुलेटर खोला।
“मंथली कितना?”
उसने पूछा।
शिवनाथ शर्मा
पहली बार बोले—
“ज़रूरत नहीं है।”
नेहा ने कहा—
“पापा, यह आपके लिए भी ठीक रहेगा।”
शिवनाथ शर्मा ने
धीरे से कहा—
“हम खर्च नहीं बनना चाहते।”
कमरे में
एक अजीब-सी चुप्पी छा गई।
अमित ने सिर झुका लिया।
“पापा...
आप ऐसे क्यों सोचते हैं?”
शिवनाथ शर्मा मुस्कराए—
“क्योंकि
अब हर चीज़
खर्च कहलाने लगी है।”
रात के खाने पर
बात फिर पैसों पर आ गई।

"स्कूल फीस बढ़ गई है।"
नेहा ने कहा।
"लोन की ईएमआई भी।"
अमित बोला।
सरला देवी
चुपचाप खाना खाती रहीं।
हर कौर के साथ
उन्हें लग रहा था—
वे
किसी खाते में
जोड़ दी गई हैं।
खाने के बाद
शिवनाथ शर्मा
बरामदे में चले गए।
उन्होंने आसमान की ओर देखा।
"जब हमने
यह घर बनाया था..."
उन्होंने खुद से कहा—
"तब
हिसाब नहीं देखा था।
बस
परिवार देखा था।"
आज
परिवार वही था।
पर
भाषा बदल चुकी थी।
अब
प्यार की भाषा नहीं,
सेवा की भाषा नहीं—
अब

पैसों की भाषा
बोली जा रही थी।
    घर की चौखट
यह सब सुन रही थी।
    वह जानती थी—
जब घर में
सबसे ज़्यादा
पैसे की आवाज़ गूँजने लगे,
तो
किसी न किसी का
अपमान
चुपचाप
होता है।
    और यह
सिर्फ़
शुरुआत थी।

12

माँ का बीमार पड़ना

बीमारी
हमेशा
दवा से नहीं आती।
कभी-कभी
वह
उपेक्षा से जन्म लेती है।

सरला देवी
अब ज़्यादातर
बिस्तर पर ही रहने लगी थीं।

पैर का दर्द
तो था ही,
पर उससे ज़्यादा
थकान थी—
मन की।

सुबह उठने का मन नहीं करता था।
रसोई की खुशबू
अब उन्हें बुलाती नहीं थी।

“आज तबीयत ठीक नहीं लग रही...”
उन्होंने एक दिन कहा।

नेहा ने थर्मामीटर निकाला।
"हल्का बुख़ार है।"
अमित ने कहा—
"दवा दे देते हैं,
ठीक हो जाएगा।"
सरला देवी
कुछ नहीं बोलीं।
क्योंकि
वे जानती थीं—
उनकी बीमारी
अब
असुविधा की सूची में
एक और नाम बन चुकी थी।
दोपहर में
उन्होंने खाना नहीं खाया।
"माँ, थोड़ा-सा खा लीजिए।"
नेहा ने कहा।
"मन नहीं है..."
सरला देवी ने कहा।
यह पहली बार था
जब उन्होंने
खाने से मना किया था।
शिवनाथ शर्मा
पास बैठ गए।
"क्या हुआ?"
उन्होंने पूछा।
सरला देवी की आँखें भर आईं।
"कुछ नहीं..."
उन्होंने कहा।

यह 'कुछ नहीं'
सबसे भारी शब्द होता है।
शाम तक
बुख़ार बढ़ गया।
डॉक्टर को बुलाया गया।
डॉक्टर ने कहा—
"दवा से ज़्यादा
इनको ध्यान चाहिए।"
यह वाक्य
कमरे में
थोड़ी देर तक
लटका रहा।
नेहा ने
नज़रें झुका लीं।
अमित ने
घड़ी देखी।
डॉक्टर चला गया।
रात को
सरला देवी को
नींद नहीं आई।
उन्हें सपना आया—
वे रसोई में हैं,
घर भरा हुआ है,
सब हँस रहे हैं।
अचानक
वे अकेली रह जाती हैं।
उनकी नींद टूट गई।
आँसू
तकिए में
भीग गए।

शिवनाथ शर्मा
जाग रहे थे।
"मैं ठीक हो जाऊँगी..."
सरला देवी ने कहा।
"फिर सब ठीक हो जाएगा।"
शिवनाथ शर्मा
कुछ नहीं बोले।
वे जानते थे—
सब ठीक
अब
अपने आप नहीं होता।
अगली सुबह
सरला देवी ने कहा—
"मुझे
अपने मायके जाना है।"
नेहा चौंक गई।
"अभी?"
उसने पूछा।
"हाँ..."
सरला देवी ने कहा,
"कुछ दिन।"
अमित ने
कुछ सोचा।
"ठीक है..."
उसने कहा।
यह सहमति
रोकने की नहीं थी,
छोड़ने की थी।
जब सरला देवी
तैयार हो रही थीं,

उन्होंने घर को देखा।
हर कोना
अपना था,
पर
उनका नहीं लगता था।
शिवनाथ शर्मा
दरवाज़े तक छोड़ने आए।
"जल्दी लौट आना..."
उन्होंने कहा।
सरला देवी ने
हल्की-सी मुस्कान दी।
"अगर
यहाँ
किसी को मेरी कमी महसूस हुई,
तो..."
वाक्य अधूरा रह गया।
घर की चौखट
आज
एक माँ को
बीमार नहीं,
टूटा हुआ
देख रही थी।
और जब
माँ बीमार पड़ती है,
तो
घर
धीरे-धीरे
अपनी आत्मा खो देता है।

13

अस्पताल का कॉरिडोर

अस्पताल
हमेशा
दवाइयों से नहीं भरता।
वह
इंतज़ार से भरा होता है।

सरला देवी को
मायके गए
तीन हफ्ते हो चुके थे।

एक सुबह
फोन आया।

“माँ को चक्कर आ गया है।”
दूसरी तरफ़ से आवाज़ काँप रही थी।

अमित ने
तुरंत चाबी उठाई।

नेहा ने
बैग में कपड़े डाले।

शिवनाथ शर्मा
चुपचाप
उनके पीछे चले।
अस्पताल का कॉरिडोर
लंबा था।
सफेद।
ठंडा।
दीवारों पर
लगे पोस्टर
बीमारियों से ज़्यादा
डर पैदा कर रहे थे।
सरला देवी
स्ट्रेचर पर लेटी थीं।
आँखें बंद।
चेहरा थका हुआ।
नेहा ने
उनका हाथ पकड़ा।
"माँ..."
उसकी आवाज़ भर आई।
अमित
डॉक्टर से बात कर रहा था।
"ब्लड प्रेशर बहुत गिर गया था,"
डॉक्टर ने कहा।
"तनाव भी है।"
तनाव...
अमित ने
कुछ नहीं कहा।
शिवनाथ शर्मा
कॉरिडोर की कुर्सी पर बैठ गए।

उन्होंने
अपने हाथ देखे।
इन्हीं हाथों से
उन्होंने
पूरा घर
खड़ा किया था।
आज
इन्हीं हाथों में
कुछ भी नहीं था
सिवाय
बेबस इंतज़ार के।
समय
यहाँ
घड़ी से नहीं चलता था।
वह
दिल की धड़कन से चलता था।
हर बार
जब दरवाज़ा खुलता,
सबकी साँस
रुक जाती।
नेहा
बार-बार
माँ की ओर देखती।
अमित
फोन में
ऑफिस के मेल
चेक करता रहा।
शिवनाथ शर्मा
यह सब देख रहे थे।

उन्होंने
कुछ नहीं कहा।
क्योंकि
अस्पताल में
शिकायतें
भी
धीरे बोली जाती हैं।
शाम हुई।
डॉक्टर ने कहा—
"खतरे की बात नहीं है,
पर
इन्हें
अपनेपन की ज़रूरत है।"
यह वाक्य
किसी दवा की तरह नहीं,
किसी आईने की तरह था।
नेहा
रो पड़ी।
अमित ने
नज़रें चुरा लीं।
शिवनाथ शर्मा
उठे
और
सरला देवी के पास गए।
"मैं हूँ..."
उन्होंने धीरे से कहा।
सरला देवी ने
आँखें खोलीं।
उन्होंने
अपने पति को देखा।

एक पल के लिए
उनकी आँखों में
सुकून आया।
कॉरिडोर में
लोग बदलते रहे।
नर्सें।
मरीज़।
पर
इंतज़ार
वहीं का वहीं रहा।
रात को
सरला देवी को
वार्ड में शिफ्ट किया गया।
नेहा
वहीं रुक गई।
अमित
घर लौटने की बात करने लगा।
"सुबह आ जाऊँगा।"
उसने कहा।
शिवनाथ शर्मा
कुछ नहीं बोले।
पर
उनकी चुप्पी में
एक सवाल था—
क्या अब
माँ के पास बैठना भी
शेड्यूल में आएगा?
अस्पताल का कॉरिडोर
आज
एक परिवार को

यह सिखा रहा था—
कि
जब तक
सब ठीक रहता है,
रिश्ते
सुविधा होते हैं।
    और
जब कोई गिरता है,
तो
वही रिश्ते
इम्तिहान बन जाते हैं।
    घर की चौखट
दूर खड़ी
सब देख रही थी।
    उसे पता था—
यह बीमारी
यहीं खत्म नहीं होगी।
    यह
घर के अंदर तक
जाएगी।

14

वापसी, जो पहले जैसी नहीं थी

सरला देवी
अस्पताल से लौट आई थीं।
घर का दरवाज़ा खोला,
और पहले जैसी खुशबू
कहीं नहीं थी।
रसोई में हल्की-हल्की धूप थी,
पर पहले जैसी गर्माहट नहीं।
दीवारें वही थीं,
फर्नीचर वही,
पर घर बदल चुका था।
नेहा
बाहर से सामान लेकर आई।
अमित अपने लैपटॉप में डूबा हुआ।
हर कोई व्यस्त था,
लेकिन
किसी ने माँ को देखा नहीं।

"माँ, बैठ जाइए,"
नेहा ने कहा,
और फिर
खुद ही फोन पर बिज़ी हो गई।
सरला देवी
धीरे-धीरे
स्ट्रेचर से बिस्तर तक गईं।
पैर में दर्द था,
पर ज़्यादा भारी
अकेलापन था।
शिवनाथ शर्मा
बरामदे से कमरे में आए।
"कैसा लगा?"
उन्होंने पूछा।
"ठीक हूँ..."
सरला देवी ने कहा।
लेकिन यह 'ठीक हूँ'
अब पहले वाला नहीं था।
रात को
खाना टेबल पर रखा गया।
पर बैठने की जगह
हर कोई
अपने अपने फोन और काम में डूबा हुआ था।
सरला देवी ने देखा—
बच्चे अपने कमरे में थे।
नेहा अपने फोन में थी।
अमित बस खिड़की से बाहर देख रहा था।
खाने के बीच में
शिवनाथ शर्मा ने कहा—
"हम सभी जल्दी सो जाएँ।

कल लंबा दिन है।"

सरला देवी की आँखों में
एक हल्की-सी उदासी चमकी।
उनकी दुनिया
घर में लौट आई थी,
पर घर उन्हें
पहले जैसा महसूस नहीं हुआ।

बिस्तर पर लेटते हुए
सरला देवी ने कहा—
"घर लौट आया,
पर दिल...
कहीं और ही रहा।"

शिवनाथ शर्मा
उनकी तरफ़ देखते हुए
कुछ नहीं बोले।

घर की चौखट
खड़ी थी।
सब कुछ देख रही थी।
प्यार, अपनापन, बातचीत—
सब चीज़ें
धीरे-धीरे
उदास हो रही थीं।

और सरला देवी को समझ आया—
कभी-कभी लौटना भी
अजनबियों के बीच लौटने जैसा होता है।

15

रिश्तों की नई भाषा

घर अब
पहले जैसा नहीं था।
पर कुछ चीज़ें
धीरे-धीरे बदल रही थीं—
रिश्तों की भाषा।
नेहा ने देखा कि माँ
किसी से कुछ कहती नहीं,
पर काम करने की आदत अब भी बरकरार थी।
सुबह-सुबह
वह हल्के से उठकर
चाय की कड़ाही सजाती।
छोटा सा टेबल
डाइनिंग में तैयार करती।
हर बार
उसकी नज़रें
घर में मौजूद हर किसी पर जातीं—
जैसे कह रही हों,
"मैं हूँ,
देखो मुझे।"

अमित ने देखा
कि माँ का ये चुप्पा काम
शब्दों से ज्यादा मतलब रखता है।

"हमारे लिए चाय बना दी..."
अमित ने सोचा,
और पहली बार
दिल से मुस्कराया।

शिवनाथ शर्मा
बरामदे में बैठे थे।
वे अब शब्दों के बजाय
कार्यों को समझने लगे थे।

बच्चों के लिए
माँ ने हल्का-सा खाना रखा।
आरव ने पूछा—
"माँ, ये मेरे लिए?"

माँ ने हँसकर सिर हिलाया।
कहीं शब्द नहीं,
पर
नज़र में अपनापन था।

नेहा ने देखा
कि काम करके
माँ ने घर में फिर से जान डाली है।

रात को
सभी एक साथ बैठे।
खाना कम,
बातें कम,
पर ध्यान ज़्यादा।

शिवनाथ शर्मा ने कहा—
"अब हमें शब्दों से प्यार जताने की ज़रूरत नहीं।
काम और ध्यान ही काफी हैं।"

नेहा ने सहमति में सिर हिलाया।
अमित ने भी देखा कि
माँ की मुस्कान
फिर से घर में लौट आई है।

घर की चौखट
खड़ी थी।
यह देख रही थी—
कि घर केवल दीवारें नहीं, एहसास है।

और एहसास
अब
शब्दों से नहीं,
कर्य और ध्यान से ज़िंदा था।

16

बहू की चुनौती

नेहा ने हमेशा सोचा था—
शादी के बाद उसका घर
प्यार और अपनापन से भरा होगा।

लेकिन धीरे-धीरे
उसने महसूस किया कि
घर केवल दीवारें नहीं,
एक ज़िम्मेदारी है,
जो कभी कभी सपनों के साथ टकराती है।

सुबह हुई।
नेहा जल्दी उठी।
ऑफिस के लिए तैयार थी।
लेकिन घर की जिम्मेदारी भी उस पर थी।

सरला देवी अभी बिस्तर पर थीं।
पैर में दर्द था।
खाना बनाने में भी मदद नहीं कर सकती थीं।

नेहा ने सोचकर
ब्रेकफ़ास्ट बनाया।
चाय, टोस्ट, हल्का सा हलवा।
सबको टेबल पर रखा।

फिर बच्चों को उठाने दौड़ी।

"आरव, उठो!
स्कूल देर हो जाएगा।"

अनाया नाक सेंकते हुए उठी।
नेहा ने उन्हें तैयार किया।

अमित नाश्ते में बैठा
और लैपटॉप पर व्यस्त था।

नेहा ने सोचा—
"घर संभालना इतना मुश्किल क्यों है?
काम भी करूँ,
पर घर की उम्मीदें भी पूरी करूँ।"

शाम को
घर में बैठक हुई।

"नेहा..."
शिवनाथ शर्मा ने कहा,
"तुम्हें पता है,
घर केवल खाना और सफाई नहीं है।
यहाँ हर किसी की भावनाएँ भी संभालनी होती हैं।"

नेहा ने सिर हिलाया।
"मैं जानती हूँ, पापा।
पर कभी-कभी
मुझे लगता है
मैं सबकी उम्मीदों के बोझ तले दब रही हूँ।"

सरला देवी ने धीरे से कहा—
"बेटी, यह बोझ नहीं, प्यार का हिस्सा है।
लेकिन इसे सहने का तरीका ढूँढना होगा।
हम सब साथ हैं।"

नेहा ने गहरी सांस ली।
उसने सोचा—
"प्यार और जिम्मेदारी में संतुलन ढूँढना ही मेरी चुनौती है।

मैं इस घर को केवल दीवारों वाला नहीं,
असली एहसास वाला बनाना चाहती हूँ।"

उस रात
नेहा ने
खिड़की से बाहर देखा।
घर की चौखट
खड़ी थी,
और चुपचाप देख रही थी—
कि बहू अपने दिल और जिम्मेदारी के बीच
पहली बार सही संतुलन बनाने की कोशिश कर रही है।

उसकी आँखों में
निर्णय था।
और
सपनों के साथ-साथ
सच्चाई को अपनाने की ताकत भी।

17

बच्चों के लिए नेहा

नेहा अब महसूस कर रही थी—
घर केवल दीवारों का नहीं,
बच्चों की हँसी, उनकी सीख और उनकी आदतों का भी है।

सुबह हुई।
आरव और अनाया अभी उठे ही थे।
नेहा ने देखा—
आरव ने होमवर्क नहीं किया था।

"आरव, स्कूल से पहले होमवर्क पूरा करो,"
नेहा ने धीरे लेकिन सख्ती से कहा।

आरव ने सिर झुकाया,
अनाया ने अपनी कॉपी खोल ली।

नेहा ने बच्चों के पास बैठकर
उन्हें समझाना शुरू किया—
"बच्चो, जीवन में हर काम समय पर करना जरूरी है।
लेकिन घर में प्यार और मदद भी उतनी ही महत्वपूर्ण है।"

आरव ने पूछा—
"माँ, क्या हम हमेशा आपके नियमों में रहेंगे?"

नेहा मुस्कराई—
"नियमों में रहना जरूरी नहीं,

पर जिम्मेदारी निभाना ज़रूरी है।
जब तुम जिम्मेदारी समझोगे,
तब नियम अपने आप समझ में आएँगे।"

अनाया ने हाथ उठाया—
"माँ, आप हमें कैसे याद रखेंगी जब आप ऑफिस जाएँगी?"

नेहा ने उनका हाथ पकड़ लिया—
"मैं हर समय तुम्हारे साथ हूँ,
चाहे फिजिकली नहीं,
पर दिल से हमेशा।
और यही घर का एहसास है—
हर किसी की मौजूदगी महसूस करना।"

रात को
खाना खाते हुए
नेहा ने बच्चों से कहा—
"घर केवल दीवारों वाला नहीं है।
यह तुम्हारी हँसी, तुम्हारी सीख और हमारी बातें है।
जब हम सब एक-दूसरे की परवाह करेंगे,
तब यह घर हमेशा खुश रहेगा।"

आरव और अनाया चुप थे।
लेकिन उनकी आँखों में चमक थी।
उनके चेहरे पर हल्की मुस्कान थी।

शिवनाथ शर्मा और सरला देवी ने
एक-दूसरे को देखा।
उनकी आँखों में
संतोष था।

घर की चौखट
खड़ी थी।
वह देख रही थी—
कि बहू ने बच्चों के लिए न केवल प्यार दिखाया,
बल्कि एक रिश्तों की नींव रखी थी।

और यह नींव
दीवारों से मजबूत नहीं,
एहसास से मजबूत थी।

नेहा ने खिड़की से बाहर देखा।
रात की हल्की हवा में
घर की रोशनी और बच्चों की हँसी
एक साथ झिलमिला रही थी।

उसने सोचा—
"शायद यही घर है।
जहाँ केवल रहने से नहीं,
एहसास से जीने का मतलब है।"

18

शिवनाथ शर्मा की चिंताएँ

शिवनाथ शर्मा
बरामदे की कुर्सी पर बैठे थे।
हवा हल्की चल रही थी,
पर उनका मन बहुत भारी था।
घर अब बदल चुका था।
बच्चे बड़े हो रहे थे,
काम में व्यस्त थे।
नेहा ने घर संभालना शुरू किया था,
पर पिता के दिल में
एक अनकहा डर था—
क्या घर की आत्मा खो जाएगी?
वह याद कर रहे थे
जब आरव और अनाया छोटे थे।
किसी भी समस्या में
सबके चेहरों पर
मुस्कान होती थी।
घर में हँसी और बातें

हर कोने में गूंजती थीं।

अब,
घर शांत था।
बच्चे अपने-अपने कमरे में थे।
नेहा अपने काम में व्यस्त थी।
अमित ऑफिस के मेल चेक कर रहा था।

शिवनाथ शर्मा ने धीरे से कहा—
“सरला देवी, क्या यह घर अब पहले जैसा रहेगा?”

सरला देवी ने उनकी ओर देखा।
“सब कुछ बदलता है,
लेकिन अगर हम चाहें,
तो प्यार और एहसास लौट सकता है।”

उनके शब्द
मन को थोड़ा शांति दे गए।

लेकिन चिंता अभी भी थी।
“नेहा सही कर रही है...
लेकिन बच्चों और घर के बीच संतुलन बनाए रखना मुश्किल है।
क्या मैं सही कर पा रहा हूँ?”
शिवनाथ शर्मा ने खुद से पूछा।

वह उठे और घर के हर कमरे में घूमे।
दीवारें वही थीं,
पर उनमें खालीपन महसूस हो रहा था।

खिड़की से बाहर देखा—
बच्चे खेल नहीं रहे थे।
सड़क पर हल्की हल्की आवाज़ थी,
लेकिन घर में मौन था।

शिवनाथ शर्मा ने महसूस किया—
घर केवल खाना, बिस्तर या दीवारें नहीं है।
घर का एहसास
सिर्फ़ तभी जीवित रहता है

जब हर सदस्य की भागीदारी और ध्यान हो।
उन्होंने खुद से कहा—
"मैं कुछ भी करूँ,
घर का एहसास लौटाना होगा।
वरना... यह घर
हमारे लिए सिर्फ़ एक छत बनकर रह जाएगा।"
शाम होते-होते
शिवनाथ शर्मा
बरामदे में बैठे रहे।
उनकी नज़र
बच्चों और नेहा पर थी।
उनकी सोच में
एक हल्की-सी योजना बनने लगी—
कैसे घर के रिश्तों की गर्मी वापस लायी जाए।
घर की चौखट
खड़ी थी।
वह देख रही थी—
कि पिता अपने अंदर
एक नई लड़ाई लड़ रहे हैं।
यह लड़ाई
दीवारों या काम की नहीं थी।
यह
रिश्तों और एहसासों की थी।
शिवनाथ शर्मा ने
धीरे से कहा—
"शायद अब वक्त आ गया है
कि हम सब मिलकर
घर को फिर से जीने लायक बनाएँ।"

19

आरव और अनाया की दुनिया

आरव और अनाया
अब छोटे बच्चे नहीं रहे।
उनकी दुनिया
स्कूल, दोस्त, सोशल मीडिया और डिजिटल गेम्स में बसी थी।

सुबह का समय था।
नेहा ने देखा—
आरव अपने टैबलेट पर व्यस्त था।
अनाया ने
फोन में वीडियो देखा।

"बच्चो, नाश्ता कर लो,"
नेहा ने कहा।

आरव ने सिर हिलाया,
अनाया ने बिना उत्तर दिए
फोन पर वीडियो देखते रहे।

नेहा ने अंदर जाकर देखा—
उनकी आंखों में चमक थी,
पर उनकी हँसी

घर के माहौल में नहीं थी।
"शायद यही उनकी दुनिया है,"
नेहा ने सोचा।
"एक अलग दुनिया,
जहाँ हम बड़े
थोड़े अजनबी लगते हैं।"
आरव ने टैबलेट उठाया।
"माँ, ये गेम नया अपडेट आया है।
देखो।"
नेहा ने सिर हिलाया।
"ठीक है बेटा, पर पहले नाश्ता पूरा कर लो।"
अनाया ने कहा—
"माँ, हम इसे बाद में करेंगे।"
नेहा ने महसूस किया—
बच्चों की दुनिया
उनके नियमों से नहीं,
उनके अनुभव से चल रही थी।
शिवनाथ शर्मा
बरामदे में बैठे थे।
उन्होंने देखा—
बच्चे बदल गए थे।
घर की चौखट अब
उनके लिए सिर्फ़ एक छत थी,
सिर्फ़ एहसास नहीं।
शाम को
आरव और अनाया
स्कूल प्रोजेक्ट में व्यस्त थे।
नेहा उनके पास बैठी—
लेकिन बच्चों की दुनिया
उसके हाथ से बाहर थी।

“माँ, क्या आप मेरे साथ ये गेम खेलेंगी?”
आरव ने पूछा।

नेहा ने मुस्कुराकर कहा—
“मैं कोशिश करूँगी।
लेकिन तुम्हारी दुनिया समझना मेरे लिए नया है।”

अनाया ने भी हाथ फैलाया।
“माँ, हमें आपकी मदद चाहिए।”

नेहा ने देखा—
यह नई दुनिया
शब्दों और नियमों से नहीं,
साथ देने और समझने से बनती थी।

रात को
नेहा खिड़की से बाहर देख रही थी।
घर में रोशनी थी,
बच्चों के कमरे में हल्की रोशनी,
और उनके दिलों में
एक अलग तरंग चल रही थी।

घर की चौखट
खड़ी थी।
वह देख रही थी—
कि बच्चों की दुनिया अब बड़ी और तेज़ है,
पर प्यार की लकीरें अभी भी घर से जुड़ी हैं।

20

पहली टकराहट

शाम का समय था।
घर का माहौल शांत था,
लेकिन हवा में एक अजीब-सी कसक थी।
नेहा
किचन में व्यस्त थी।
आरव और अनाया
अपने-अपने कमरे में थे।
अमित
डाइनिंग टेबल पर
फोन में बिज़ी था।
शिवनाथ शर्मा
बरामदे में बैठे थे।
वे बाहर की हल्की रोशनी को देख रहे थे।
तभी आरव ने आवाज़ दी—
"पापा, मेरे प्रोजेक्ट के लिए ये चीज़ चाहिए।
क्या आप देंगे?"
शिवनाथ शर्मा ने देखा—
"इस समय? घर के काम भी बहुत हैं।"

आरव ने नाक भौं सिकोड़कर कहा—
"हमारी दुनिया अलग है। आप पुराने ढंग से सोच रहे हैं।
हमें नई चीज़ों की ज़रूरत है।"

शिवनाथ शर्मा
हैरान रह गए।
"बेटा, घर की सीमाएँ होती हैं।
हमारे पास समय और संसाधन दोनों सीमित हैं।"

नेहा ने बीच में कहा—
"आरव, पापा सही कह रहे हैं।
हम सब कोशिश करेंगे,
लेकिन नियम और जिम्मेदारी पहले आएँगी।"

आरव की आँखों में झुंझलाहट थी।
"आप बस पुराने तरीके अपनाते रहते हैं।
समझो नहीं कि हम बदल गए हैं!"

अनाया ने भी बीच में बोला—
"माँ, पापा कुछ नहीं समझेंगे।
हमारी दुनिया अलग है।"

शिवनाथ शर्मा
चुप रह गए।
उनकी आँखों में
थोड़ी उदासी और चिंता थी।

नेहा ने गहरी साँस ली।
"बच्चो, मैं जानती हूँ कि आपकी दुनिया अलग है।
लेकिन घर केवल आपकी या हमारी नहीं,
यह सबका है।
समझना और सम्मान करना ही एहसास है।"

आरव ने सिर झुकाया।
अनाया चुप हो गई।

शिवनाथ शर्मा ने धीरे से कहा—
"देखो बेटा, हम सब अलग हैं।

पर घर की नींव एक है।
हम सबका प्यार और सम्मान ही
इस घर की असली ताकत है।"

थोड़ी देर चुप्पी रही।
फिर आरव ने धीरे से कहा—
"ठीक है, पापा।
हम कोशिश करेंगे।"

घर की चौखट
खड़ी थी।
वह देख रही थी—
पहली टकराहट हुई थी,
लेकिन समझ और प्यार ने उसे नरम किया।

शिवनाथ शर्मा ने देखा—
घर की परंपरा और बच्चों की आधुनिकता
साथ मिलकर
नई भाषा बना सकती है।

21

नेहा की रात

रात का समय था।
घर के सभी सदस्य सो चुके थे।
लेकिन नेहा
अब तक जागी थी।

दैनिक काम खत्म होने के बाद भी
उसके मन में हल्की बेचैनी थी।
बच्चों की पढ़ाई,
खाना,
घर के छोटे-मोटे काम
और फिर अपने ऑफिस के काम—
सभी का बोझ उसके कंधों पर था।

नेहा बिस्तर पर बैठी
और खिड़की से बाहर देख रही थी।
शहर की हल्की रोशनी और चुप्पी
उसके अंदर की थकान को और गहरा कर रही थी।

"कभी-कभी लगता है...
घर संभालना आसान काम नहीं है,"
उसने खुद से कहा।

लेकिन तभी उसे याद आया—
सरला देवी का पैर,
शिवनाथ शर्मा की चिंता,
और बच्चों की छोटी-छोटी मुस्कानें।

नेहा ने गहरी साँस ली।
"यही मेरी ताकत है...
और यही घर है।
जो सिर्फ़ दीवारें नहीं,
एहसास है।"

उसने अपना मोबाइल देखा।
कुछ संदेश ऑफिस के,
कुछ बच्चों के।
पर उसने उसे पलट दिया।
"अब कुछ नहीं।
रात है, और नींद जरूरी है।
कल फिर सब संभालूँगी।"

नेहा ने हल्की-सी मुस्कान दी।
वह जानती थी—
घर की चौखट
सिर्फ़ उसके काम और मेहनत की गवाही नहीं देती।
यह
उसके दिल और एहसास की कहानी भी सुनती है।

वह बिस्तर पर लेटी,
आँखें बंद कीं।
मन में घर की सारी हलचल और शांति को समेटते हुए।

रात की चुप्पी में
घर की चौखट खड़ी थी।
देख रही थी—
कि नेहा, अपने काम, प्यार और जिम्मेदारी के बीच
संतुलन बनाने की कोशिश कर रही है।

और इस संतुलन में
घर का एहसास
धीरे-धीरे
फिर से जीवित हो रहा था।

22

सरला देवी की कहानियाँ

रात थी।
बच्चे सो चुके थे।
नेहा थोड़ी थकी हुई थी,
पर कमरे में एक हल्की रोशनी थी।
सरला देवी बिस्तर पर बैठीं,
अपने पुराने फोटो एल्बम के साथ।

नेहा उनके पास बैठ गई।
"माँ, आप क्या देख रही हैं?"
उसने पूछा।

सरला देवी मुस्कराईं।
"ये सब यादें हैं, बेटी।
हमारे पुराने घर की,
तुम्हारे पिता के साथ की,
और तुम्हारे बचपन की भी।"

नेहा ने धीरे से फोटो देखी।
"माँ, मुझे ये सब बहुत पसंद है।
आप हमें बताती हैं ना,

तो घर में सब कुछ जीवित लगने लगता है।"

सरला देवी ने गहरी साँस ली।

"घर सिर्फ़ दीवारें नहीं है, बेटी।
ये हमारी कहानियाँ हैं।
हमारे अनुभव, हमारी हँसी, हमारे आँसू—
इन्हीं से घर का एहसास बनता है।"

नेहा ने सिर हिलाया।

"माँ, मैं समझ गई।
इसलिए आप हमेशा कहती हैं—
घर में प्यार, समझ और समय देना जरूरी है।"

सरला देवी ने हाथ पकड़कर कहा—

"बेटी, तुम्हारी पीढ़ी के लिए ये सब बातें पुराने लग सकती हैं।
लेकिन अगर हम अपनी कहानियाँ, अपने अनुभव नहीं साझा करेंगे,
तो यह घर सिर्फ़ छत बनकर रह जाएगा।
और एहसास कहीं खो जाएगा।"

नेहा ने आँसू रोकते हुए कहा—

"मैं आपकी कहानियों को कभी नहीं भूलूँगी, माँ।
और मैं बच्चों को भी बताऊँगी।"

सरला देवी ने मुस्कराते हुए सिर हिलाया।

"यही घर की असली ताकत है—
ना कि सिर्फ़ दीवारें या फर्नीचर,
बल्कि ये एहसास और कहानियाँ।"

खिड़की से हल्की हवा आई।

घर की चौखट खड़ी थी।
वह देख रही थी—
कि माँ अपनी कहानियों से
घर के हर कोने में जीवन और यादें भर रही थीं।

नेहा ने भी महसूस किया—

घर का असली एहसास
शब्दों से नहीं,

अनुभव और साझा की गई यादों से होता है।

उस रात,

घर चुप था,
पर जीवन से भरा हुआ।
कहानियाँ, हँसी, प्यार और एहसास—
सब कुछ
धीरे-धीरे घर में लौट रहा था।

23

अमित का संघर्ष

शाम का समय था।
अमित अपने ऑफिस से लौटा।
बैग रखा और सीधे डाइनिंग टेबल पर बैठा।
बाहर की हल्की रोशनी
उसके चेहरे पर पड़ रही थी,
पर आँखों में थकान साफ़ दिख रही थी।
 नेहा ने देखा—
"आज तुम बहुत देर से आए।
क्यों?"
 अमित ने सिर हिलाया।
"आज मीटिंग लंबी हो गई थी।
और फिर घर के सारे काम भी दिमाग में थे।"
 नेहा ने उसकी आँखों में देखा।
"काम और घर, दोनों तुम्हारे लिए मुश्किल हो रहे हैं, है ना?"
 अमित ने धीरे से कहा—
"हाँ। ऑफिस के प्रेशर,
फिर माँ की देखभाल,
बच्चों की पढ़ाई,
और तुम्हारे काम...

कभी-कभी लगता है कि मैं सब कुछ ठीक से नहीं कर पा रहा।"

नेहा ने उसका हाथ पकड़ा।

"अमित, तुम अकेले नहीं हो।
हम सब मिलकर घर को संभाल रहे हैं।
तुम्हारा संघर्ष हमें भी दिखता है,
लेकिन हमें मिलकर इसे आसान बनाना होगा।"

अमित ने गहरी साँस ली।

"मैं जानता हूँ, नेहा।
पर कभी-कभी लगता है कि जिम्मेदारियाँ इतनी बढ़ गई हैं
कि खुद के लिए समय ही नहीं बचता।"

शिवनाथ शर्मा और सरला देवी
पास के कमरे में थे।
उन्होंने थोड़ी दूरी से सुना।
उनकी आँखों में
समझ और सहानुभूति थी।

नेहा ने मुस्कराते हुए कहा—
"अमित, घर सिर्फ़ जिम्मेदारी का नाम नहीं है।
यह एहसास और साथ का नाम है।
अगर हम सब मिलकर अपने हिस्से निभाएँ,
तो यह बोझ कम हो जाएगा।"

अमित ने हल्का मुस्कान दिया।

"तुम सही कह रही हो।
शायद मुझे अपनी सोच बदलनी होगी।
काम और घर दोनों को अलग-अलग नहीं,
साथ में देखना होगा।"

घर की चौखट
खड़ी थी।
वह देख रही थी—
कि पति की थकान और मानसिक संघर्ष
धीरे-धीरे समझ और प्यार में बदल रहा है।

रात को
अमित ने बच्चों के कमरे में देखा।
वे सो रहे थे।
उनकी नन्ही मुस्कान
अमित को याद दिला रही थी—
घर केवल जिम्मेदारी नहीं,
एक एहसास और जीवन का हिस्सा है।

उस रात,
अमित ने ठानी—
"मैं घर के एहसास को सिर्फ़ दीवारों के बीच नहीं,
अपने दिल में भी जीवित रखूँगा।"

24

घर की रसोई में हलचल

सुबह की पहली किरण
रसोई में हल्की रोशनी लेकर आई।
नेहा पहले से ही काम में व्यस्त थी।
बर्तन, सब्जियाँ, चाय की तैयारी—
सब कुछ उसके हाथों में तल्लीन था।

सरला देवी
धीरे-धीरे रसोई में आईं।
पैर में दर्द था,
लेकिन उनका मन
नेहा के साथ काम करने को तैयार था।

"नेहा, तुम्हें मदद चाहिए?"
सरला देवी ने पूछा।

नेहा मुस्कुराई।
"हाँ माँ, आप बस टेबल पर प्लेट्स सजाने में मेरी मदद करें।
बाकी मैं संभाल लूंगी।"

सरला देवी ने धीरे-धीरे प्लेट्स रखी।
बच्चों के लिए हल्का-सा नाश्ता तैयार किया।

नेहा ने चाय की तैयारी शुरू की।

रसोई में हल्की-हल्की हँसी गूँज उठी।

छोटे-छोटे काम
घर में जीवन का एहसास ला रहे थे।

नेहा ने कहा—
"माँ, देखिए न, जब हम साथ काम करते हैं,
तो घर में एक अलग ही हलचल और ऊर्जा आती है।"

सरला देवी ने सिर हिलाया।
"सही कहा बेटी।
घर केवल दीवारों का नाम नहीं,
यह एहसास और प्यार का नाम है।
और रसोई...
यह घर की आत्मा है।"

अमित
डाइनिंग से बाहर खड़ा
रसोई की हलचल देख रहा था।
उसने महसूस किया—
छोटे-छोटे काम,
परिवार के साथ मिलकर करने से
घर की आत्मा फिर से जीवित होती है।

आरव और अनाया
धीरे-धीरे रसोई में आए।
"माँ, हम भी मदद करेंगे।"

नेहा मुस्कराई।
"बिलकुल, बेटा और बेटी।
जब सब मिलकर काम करेंगे,
तो घर का एहसास और मजबूत होगा।"

रसोई में हलचल बढ़ गई।
चाय, नाश्ता, हँसी, बातें—
सब कुछ एक साथ बह रहा था।

घर की चौखट
खड़ी थी।
वह देख रही थी—
कि घर की आत्मा
काम, सहयोग और प्यार से फिर से जाग उठी थी।
नेहा ने खिड़की से बाहर देखा।
सुबह की रोशनी में
घर का हर कोना
जगमगा रहा था।
और उसने महसूस किया—
सिर्फ़ दीवारों से नहीं,
एहसास और साथ से
घर हमेशा जीवित रहता है।

25

शाम की चाय और बातचीत

शाम का समय था।
सूरज की आखिरी किरणें
खिड़कियों से अंदर झांक रही थीं।

नेहा ने चाय बनाई।
सरला देवी ने टेबल सजाया।
आरव और अनाया
बाथरूम से निकलकर
डाइनिंग टेबल के पास आए।

अमित
कुर्सी पर बैठा
और फोन को किनारे रख दिया।

"चलो, थोड़ी देर के लिए
फोन और टीवी को भूलकर
सिर्फ़ एक-दूसरे से बात करते हैं,"
नेहा ने कहा।

सबने मुस्कुराया।
चाय के कप हाथ में लेकर

आरव ने पूछा—
"माँ, आप बचपन में क्या खेला करती थीं?"
सरला देवी हँसते हुए बोलीं—
"हम बहुत सी खेल खेला करते थे।
लेकिन सबसे प्यारा था... लुका-छिपी।
और तुम जैसे बच्चों के साथ
हर दिन ऐसा ही लगता था।"
अनाया ने उत्साहित होकर पूछा—
"तो माँ, आप हमें भी लुका-छिपी सिखाएँगी?"
नेहा ने मुस्कुराते हुए कहा—
"हमें तो अब बड़े होकर खेलना चाहिए,
लेकिन यादें साझा करना
हमेशा मज़ेदार होता है।"
अमित ने चाय का घूँट लिया और बोला—
"देखो न, छोटी-छोटी बातें,
यादें और हँसी—
यही घर का असली एहसास है।
ना कि केवल नियम और जिम्मेदारी।"
सभी मुस्कराए।
रात के पहले हल्के-से ठंडे हवा का झोंका
खिड़की से अंदर आया।
घर की चौखट खड़ी थी।
वह देख रही थी—
कि परिवार अपने एहसास, प्यार और समझ के साथ
धीरे-धीरे एक-दूसरे के और करीब आ रहा है।
नेहा ने महसूस किया—
घर केवल रहने की जगह नहीं,
एक ऐसा स्थान है
जहाँ हर बातचीत, हर हँसी और हर कप चाय
रिश्तों को मजबूत बनाता है।

  और उस शाम,
घर में सिर्फ़ दीवारें नहीं,
जीवंत एहसास थे।

26

छुट्टियों की तैयारी

सुबह की हल्की रोशनी
खिड़कियों से भीतर आ रही थी।
नेहा, सरला देवी और अमित
रसोई में व्यस्त थे।
आरव और अनाया
बैग पैक करने में मदद कर रहे थे।

"बच्चों, जल्दी करो,
ताकि हम समय पर निकलें,"
नेहा ने कहा।

आरव ने अपने बैग में किताबें रखीं,
अनाया ने कपड़े समेटे।
लेकिन हर बार
कुछ न कुछ भूल जाता।

सरला देवी ने मुस्कराते हुए कहा—
"छुट्टियाँ केवल बाहर जाने का नाम नहीं हैं।
घर में तैयारी करना भी एक छोटा उत्सव है।
और यह हमें एक-दूसरे के करीब लाता है।"

अमित ने बच्चों को देखा।
"देखो बेटा और बेटी,

जब सब मिलकर काम करते हैं,
तो मुश्किल काम भी मज़ेदार बन जाता है।"

नेहा ने चाय का ट्रे उठाया और सभी को दी।
"यह हमारी छुट्टी की शुरुआत है,"
उसने कहा।

आरव और अनाया ने चाय का घूँट लिया।
"माँ, अब घर से बाहर जाना मज़ेदार होगा,
लेकिन घर का एहसास हमेशा साथ रहेगा।"

सरला देवी ने हँसते हुए कहा—
"बिलकुल।
और छुट्टी के बाद भी
हम घर की रसोई, बातचीत और प्यार को याद करेंगे।
यही घर की असली ताकत है।"

अमित ने बैग उठाया और मुस्कुराया।
"तो चलो,
घर की यह हलचल और एहसास
हमारे साथ बाहर भी ले चलते हैं।"

घर की चौखट
खड़ी थी।
वह देख रही थी—
कि परिवार अपनी तैयारी में व्यस्त है,
पर हर कदम में
घर का एहसास
उनके साथ है।

नेहा ने खिड़की से बाहर देखा।
सुबह की हवा में
घर की हल्की-सी खुशबू
साथ चल रही थी।

और वह महसूस कर रही थी—
घर केवल दीवारों का नाम नहीं,

बल्कि हर पल, हर तैयारी और हर एहसास का नाम है।

27

पहली यात्रा का रोमांच

सुबह की हल्की धूप
सड़क पर चमक रही थी।
बच्चे उत्साह से अपने सीट बेल्ट बाँध रहे थे।
नेहा और अमित
कार में सामान रख रहे थे।
सरला देवी पीछे की सीट पर बैठीं।

"चलो, बच्चों,
आज हम एक नई याद बनाने जा रहे हैं,"
नेहा ने कहा।

आरव ने उत्साहित होकर कहा—
"माँ, मैं फोटो लूँगा!"
अनाया ने भी कहा—
"मैं वीडियो बनाऊँगी!"

कार धीरे-धीरे चल पड़ी।
सड़क की हल्की धूल, हवा की ठंडक
और बच्चों की हँसी—
सब कुछ

घर से बाहर भी घर जैसा एहसास ला रहा था।
सड़क के किनारे
पेड़, खेत और छोटे-छोटे गाँव
जैसे अपने आप
कह रहे थे—
"यह यात्रा नई है,
पर एहसास वही पुराना है।"
नेहा ने सरला देवी की ओर देखा।
उनकी आँखों में
खुशी और हल्की-सी चिंता दोनों थीं।
"माँ, आराम से बैठिए,
हम धीरे-धीरे चलेंगे,"
नेहा ने कहा।
अमित ने ड्राइव करते हुए मुस्कराया।
"देखो न,
बाहर की दुनिया भी घर की तरह है।
बस हम साथ हैं,
तो सब सुरक्षित और मज़ेदार है।"
बच्चे बार-बार
कार की खिड़की से बाहर झांकते।
नए अनुभव
उनके दिल में घर की यादों के साथ मिल रहे थे।
सड़क पर हल्की टक्कर हुई।
आरव ने डरते हुए कहा—
"माँ, क्या ठीक है?"
नेहा ने मुस्कराते हुए कहा—
"हाँ बेटा, घर का एहसास हमेशा साथ है,
कहीं भी रहो, सुरक्षित रहो।"
सफर के बीच में
कार रुकी।

सभी ने बाहर उतरकर
छोटी-छोटी चीज़ें देखीं—
पेड़, फूल, बच्चों की हँसी,
और सूरज की चमक।

सरला देवी ने धीरे से कहा—
"याद रखो बेटी,
घर केवल छत और दीवार नहीं है।
जहाँ प्यार और अनुभव हों,
वहीं घर है।
आज की ये यात्रा
घर की यादों में शामिल होगी।"

नेहा ने बच्चों के हाथ पकड़कर कहा—
"देखो, हमारी यह पहली यात्रा
घर की आत्मा को बाहर भी ले जा रही है।
हर जगह हम घर का एहसास महसूस कर सकते हैं।"

घर की चौखट
खड़ी थी।
वह देख रही थी—
कि परिवार बाहर की दुनिया में भी
एक साथ है,
और एहसास
हर जगह जीवित है।

रास्ते की हल्की धूल, हवा की ठंडक
और बच्चों की हँसी—
घर के एहसास का हिस्सा बन गई।

28

यात्रा में नई दोस्तियाँ

कार धीरे-धीरे एक छोटे गाँव की तरफ बढ़ रही थी।
सड़क किनारे बच्चे खेल रहे थे।
आरव और अनाया खिड़की से बाहर झांक रहे थे।

"माँ, वहाँ देखो!
बच्चे खेल रहे हैं!"
आरव ने उत्साहित होकर कहा।

नेहा मुस्कराई।
"हाँ बेटा, चलो उनसे मिलते हैं।
नई दोस्तियाँ करना भी मज़ेदार होता है।"

कार रुकी।
आरव और अनाया सीधे खेलने वाले बच्चों के पास गए।
शुरुआत में थोड़ी झिझक थी,
पर जल्दी ही हँसी और खेल
सबको जोड़ने लगी।

सरला देवी ने भी मुस्कराते हुए कहा—
"देखो, बेटी,
नए लोग और नई दोस्तियाँ
घर के एहसास को बाहर भी फैलाती हैं।
जब प्यार और अपनापन साझा होता है,

तो हर जगह घर जैसा लगता है।"

अमित बच्चों को देखकर मुस्कराया।

"सही कहा, माँ।
घर केवल दीवारों का नहीं,
हमारे रिश्तों और एहसास का नाम है।
और ये दोस्तियाँ
उस एहसास को और मजबूत करती हैं।"

नेहा ने बच्चों के साथ बैठकर
उनके खेल में भाग लिया।
आरव और अनाया
न केवल खुश थे,
बल्कि नए दोस्तों से मिलकर
उनकी समझ और अनुभव भी बढ़ रही थी।

छोटी-छोटी बातें,
हँसी,
और हाथ मिलाकर खेलना—
घर के एहसास का विस्तार
अब गाँव के बच्चों तक पहुँच रहा था।

रास्ते में
नेहा ने देखा कि
बच्चे एक-दूसरे की मदद कर रहे हैं।
छोटे विवाद, छोटे झगड़े—
सब जल्दी सुलझ रहे थे।
यही एहसास था—
घर का प्यार और समझ
दूसरों के साथ भी साझा किया जा सकता है।

सूरज धीरे-धीरे ढल रहा था।
कार में लौटते हुए
सभी थके हुए लेकिन खुश थे।
आरव ने कहा—

"माँ, पापा, आज की यात्रा मज़ेदार थी।
हमने नई दोस्तियाँ कीं,
और फिर भी घर का एहसास महसूस हुआ।"
नेहा ने मुस्कुराते हुए कहा—
"बिलकुल बेटा।
घर केवल एक जगह नहीं,
यह एहसास है,
और जब हम अपने प्यार और समझ को साझा करते हैं,
तो हर जगह घर बन जाता है।"
घर की चौखट
खड़ी थी।
वह देख रही थी—
कि नई दोस्तियाँ और साझा किए गए अनुभव
घर के एहसास में नई ऊर्जा भर रहे हैं।

29

यादों का भंडार

कार धीरे-धीरे घर की तरफ लौट रही थी।
सभी में हल्की थकान थी,
पर चेहरे पर संतोष और खुशी की झलक थी।

नेहा खिड़की से बाहर देख रही थी।
"घर लौटना भी एक तरह की यात्रा है,"
उसने मन ही मन कहा।
"लेकिन इस बार घर केवल दीवारों वाला नहीं,
यादों और अनुभवों का भंडार बनकर आ रहा है।"

आरव ने उत्साहित होकर कहा—
"माँ, पापा, हमें अपनी तस्वीरें प्रिंट करवा कर
घर में लगानी चाहिए।
ताकि हम हर दिन यह यात्रा याद कर सकें।"

अनाया ने भी सहमति दी—
"और वीडियो भी दिखाएँ, ताकि हम हँसी और मज़ा याद रख सकें।"

घर में प्रवेश करते ही
घर की चौखट खड़ी थी।
वह देख रही थी—
कि परिवार अपनी यादों और अनुभवों के साथ
घर में प्रवेश कर रहा है।

सरला देवी ने पुराने फोटो एल्बम खोले।
“देखो, बच्चों,
यादें बनती हैं,
और यादों को साझा करना
घर के एहसास को मजबूत करता है।”
नेहा ने सबको देखा।
“हर जगह हम गए,
हर व्यक्ति से मिले,
हर नई चीज़ देखी—
सब हमारी यादों का हिस्सा बन गई।
और ये यादें घर को और जीवंत बनाती हैं।”
अमित ने बच्चों के हाथ पकड़े।
“देखो बेटा, घर केवल हमारा नहीं है।
हमारी यादें, अनुभव और भावनाएँ भी
इसी का हिस्सा हैं।
यही असली घर का एहसास है।”
बच्चों ने खुश होकर फोटो और वीडियो
एक-एक करके देखा।
आरव ने कहा—
“माँ, मैं अब समझ गया।
घर केवल चार दीवारें नहीं,
हमारे अनुभव, हमारी हँसी और प्यार है।”
अनाया ने भी जोड़ा—
“और जब हम सब साथ हैं,
तो हर जगह घर जैसा लगता है।”
घर की चौखट
खड़ी थी।
वह देख रही थी—
कि यादों का भंडार
घर के हर कोने में

नई ऊर्जा और जीवन भर रहा था।

नेहा ने खिड़की से बाहर देखा।
रात का अंधेरा धीरे-धीरे घर में
एक शांत और सुखद एहसास लेकर आया।
घर केवल रहने का स्थान नहीं,
अब यह अनुभव और यादों का घर बन चुका था।

और उस रात,
परिवार ने महसूस किया—
घर केवल दीवारें नहीं, एहसास और साझा यादों का नाम है।

30

घर का असली अर्थ

सूरज धीरे-धीरे ढल रहा था।
घर की चौखट पर हल्की धूप पड़ रही थी।
घर के सभी सदस्य
धीरे-धीरे अपने-अपने काम से आराम कर रहे थे।
नेहा ने खिड़की से बाहर देखा।
वह सोच रही थी—
"घर केवल दीवारों और छत का नाम नहीं है।
यह एहसास, प्यार, समझ और यादों का नाम है।"
आरव और अनाया
खिड़की के पास बैठकर
आज की यात्रा की फोटो और वीडियो देख रहे थे।
"माँ, पापा, हमने अब समझ लिया,"
आरव ने कहा,
"घर सिर्फ़ चार दीवारें नहीं,
हमारी हँसी, हमारी कहानियाँ और हमारे रिश्ते हैं।"
सरला देवी ने मुस्कुराते हुए कहा—
"बिलकुल बेटा।
घर में हर सदस्य का एहसास
दीवारों की तरह मजबूत होता है,

लेकिन प्यार और समझ
उसकी आत्मा बनती है।"

अमित ने भी सिर हिलाया।
"अब मुझे पता है—
घर केवल जिम्मेदारी का नाम नहीं है।
यह हर रिश्ते की परवाह, हर भावना और हर साझा अनुभव है।
और यही असली घर का अर्थ है।"

नेहा ने धीरे से कहा—
"जब हम अपने अनुभव साझा करते हैं,
अपने प्यार दिखाते हैं,
और एक-दूसरे की समझ रखते हैं,
तब घर जीवित होता है।
यह केवल रहने की जगह नहीं,
एहसास और संवेदनाओं का घर है।"

बच्चों ने उत्साहित होकर कहा—
"हम हमेशा घर का एहसास बनाए रखेंगे,
चाहे हम कहीं भी रहें।"

शिवनाथ शर्मा ने सबको देखा।
उनकी आँखों में संतोष और गर्व था।
"बिलकुल।
घर केवल हमारा नहीं,
हमारा एहसास और प्यार है।
और यही इसे हमेशा जीवित रखेगा।"

घर की चौखट
खड़ी थी।
वह देख रही थी—
कि परिवार ने समझ लिया
घर का असली अर्थ—
ना कि केवल दीवारें,
बल्कि प्यार, समझ, यादें और एहसास।

नेहा ने खिड़की से बाहर देखा।
रात की हल्की हवा में
घर की हल्की रोशनी
सभी को गले लगा रही थी।
और इस रोशनी में
घर केवल एक भवन नहीं,
एक जीवंत एहसास बनकर उभर रहा था।

31

नए पड़ोसी

सुबह की हल्की धूप
खिड़कियों से घर में घुस रही थी।
घर की चौखट
जैसे अपनी चुप्पी में
कुछ नया महसूस कर रही थी।
    नेहा रसोई में व्यस्त थी।
आरव और अनाया
टीवी देखने के बजाय
खिड़की के पास खड़े थे।
    "माँ, वहाँ नए लोग आए हैं!"
आरव ने उत्साहित होकर कहा।
"उनके बच्चे भी हमारी उम्र के हैं।"
    नेहा मुस्कुराई।
"तो बेटा, उन्हें नमस्ते कहना चाहिए।
नए लोग नए दोस्त लाते हैं।"
    अमित ने देखा और सिर हिलाया।
"ठीक है, बच्चे।
लेकिन पहले अपना स्कूल बैग तैयार कर लो।
फिर हम उनके घर जा सकते हैं।"

आरव और अनाया जल्दी से तैयार हुए।
सड़क पर छोटे-छोटे कदम
नए पड़ोसी के घर की ओर बढ़े।
दरवाजा खटखटाया।
एक छोटा बच्चा दरवाजा खोलकर मुस्कराया।
"हैलो, मैं आदित्य हूँ।
तुम कौन हो?"
आरव ने हाथ बढ़ाया।
"मैं आरव हूँ।
ये मेरी बहन अनाया है।
हम नए पड़ोसी हैं।"
अनाया ने उत्साहित होकर कहा—
"हमें दोस्ती करनी है!"
बच्चों ने जल्दी ही दोस्ती कर ली।
आदित्य और उसकी बहन
खेल और हँसी में सबको जोड़ रहे थे।
नेहा और सरला देवी
किचन से बाहर आईं।
"नमस्ते, हम नेहा और सरला देवी हैं।
खुश हुए आपसे मिलकर।"
नए पड़ोसी भी मुस्कुराए।
"हमें भी आपसे मिलकर अच्छा लगा।"
अमित ने देखा—
बच्चों की दोस्ती
और पड़ोसियों के साथ संवाद
घर की चौखट को और जीवंत बना रहे थे।
नेहा ने मन ही मन कहा—
"घर केवल चार दीवारें नहीं है।
यह एहसास है,
और जब हम नए लोगों से जुड़ते हैं,

तो घर का एहसास और बढ़ता है।"

रात को जब परिवार बैठा,
सभी ने हँसी और बातें साझा की।
आरव और अनाया
नई दोस्तियों की कहानियाँ सुना रहे थे।
घर की चौखट
खड़ी थी।
वह देख रही थी—
कि घर का एहसास अब सिर्फ़ भीतर ही नहीं,
बाहर की दुनिया में भी फैल रहा है।

32

आरव की पहली चुनौती

सड़क पर हल्की धूप थी।
आरव अपने स्कूल से घर लौट रहा था।
उसका चेहरा उदास और चिंतित था।
नेहा ने तुरंत नोटिस किया।

"आरव, बेटा, क्या हुआ?
क्यों उदास हो रहे हो?"
नेहा ने पूछा।

आरव ने धीरे से कहा—
"माँ... आज स्कूल में हमारी प्रोजेक्ट प्रेज़ेंटेशन थी।
और मुझे डर था कि मैं सब सही से नहीं कर पाऊँगा।
टीचर ने भी थोड़ी डांट दी..."

नेहा ने उसे गले लगाया।
"बेटा, डर होना स्वाभाविक है।
पर घर तुम्हारे लिए सुरक्षित जगह है।
हमेशा याद रखना—तुम यहाँ हमेशा समर्थन पाओगे।"

अमित पास आए और मुस्कुराए।
"देखो बेटा, पहली चुनौती हमेशा सबसे कठिन लगती है।

लेकिन अगर तुम कोशिश करोगे और सीखोगे,
तो यह तुम्हारे लिए अनुभव बन जाएगी।"

आरव ने सिर हिलाया।

"लेकिन पापा, मेरा डर... बहुत बड़ा था।"

नेहा ने चाय का कप देते हुए कहा—

"हमारे डर को साझा करना ही पहला कदम है।
घर का एहसास यही है—तुम्हारे डर, खुशी और सपनों में हमारे साथ होना।"

आरव ने धीरे-धीरे मुस्कराया।

"तो आप लोग हमेशा मेरी मदद करेंगे?"

सरला देवी ने गहरी साँस ली।

"बिलकुल बेटा।
घर केवल दीवारें नहीं है।
यह तुम्हारे अनुभव और तुम्हारी भावनाओं का घर है।
हर चुनौती में तुम्हारे साथ रहेगा।"

आरव ने धीरे से कहा—

"ठीक है, माँ, पापा।
अब मुझे लगता है कि डर कम हो गया है।
मैं फिर से कोशिश करूँगा।"

नेहा ने मुस्कराते हुए कहा—

"यही तो घर का असली एहसास है, बेटा।
जहाँ तुम बिना डर के अपने विचार और भावनाएँ साझा कर सकते हो।
और यही तुम्हें मजबूत बनाता है।"

रात को जब आरव अपने कमरे में सोने गया,
उसने महसूस किया—
कि घर केवल रहने की जगह नहीं,
बल्कि उसका सुरक्षित आसरा है।

घर की चौखट
खड़ी थी।
वह देख रही थी—

कि आरव की पहली चुनौती
घर के प्यार और समर्थन के साथ आसान हो गई थी।

और उस रात,
आरव ने ठाना—
"चाहे कोई भी चुनौती आए,
घर का एहसास मेरे साथ हमेशा रहेगा।"

33

अनाया की कला और स्वप्न

सुबह की हल्की धूप कमरे में आई।
अनाया अपने डेस्क पर बैठी थी।
कागज़, रंग और ब्रश उसके सामने बिखरे थे।
उसकी आँखों में चमक थी,
लेकिन चेहरे पर हल्की चिंता भी।

नेहा पास आई।

"क्या हुआ बेटा? क्यों परेशान लग रही हो?"

अनाया ने धीरे से कहा—

"माँ, कल कला प्रतियोगिता है।
मुझे डर लग रहा है कि मेरा चित्र अच्छा नहीं बनेगा।
बाकी बच्चे भी बहुत अच्छे हैं।"

नेहा ने उसे गले लगाया।

"बेटा, याद रखो, घर केवल परिणाम के लिए नहीं है।
यह तुम्हारी कोशिश और भावना को समझने का स्थान है।
हम हमेशा तुम्हारे साथ हैं।"

सरला देवी ने भी पास आकर कहा—

"हाँ, बेटा।

तुम्हारी कला तुम्हारे दिल की कहानी है।
और घर का एहसास यही है—हर कहानी को स्वीकार करना।"

अनाया ने धीरे से सिर हिलाया।
"लेकिन माँ, अगर मैं हार गई?"

नेहा मुस्कुराई।
"हार और जीत तो जीवन का हिस्सा हैं।
पर परिवार का समर्थन हमेशा तुम्हारे साथ रहेगा।
और यही घर की ताकत है।"

अमित पास आए।
"देखो बेटी, तुम्हारी कला तुम्हारे अनुभव और भावनाओं की पहचान है।
तुम्हें बस अपने दिल की सुननी है।
घर का एहसास तुम्हें हमेशा प्रेरित करेगा।"

अनाया ने फिर ब्रश उठाया।
धीरे-धीरे उसके हाथ में आत्मविश्वास आया।
रंग कागज़ पर उभरने लगे।
हर स्ट्रोक में उसकी खुशी और उत्साह झलक रही थी।

रात को जब प्रतियोगिता की घोषणा हुई,
अनाया ने देखा कि उसका चित्र सराहा गया।
वह खुश हुई, लेकिन सबसे ज़्यादा खुशी उसे
नेहा, अमित और सरला देवी के समर्थन में महसूस हुई।

नेहा ने मुस्कराते हुए कहा—
"देखो बेटा, घर केवल जगह नहीं है।
यह तुम्हारे सपनों को पंख देता है।
और तुम्हारे अनुभवों में जीता है।"

अनाया ने धीरे से कहा—
"माँ, अब मुझे समझ आया।
घर केवल दीवारों का नाम नहीं,
यह प्यार, समझ और समर्थन का नाम है।
और यही मुझे आगे बढ़ने की ताकत देता है।"

घर की चौखट
खड़ी थी।
वह देख रही थी—
कि अनाया की कला और सपने
घर के एहसास में नई ऊर्जा भर रहे थे।

और उस रात,
अनाया ने अपने सपनों में देखा—
घर के प्यार और समर्थन के साथ
उसकी हर कल्पना साकार हो रही थी।

34

शिवनाथ शर्मा की यादें

रात का समय था।
घर में शांति थी,
लेकिन हर कोने में हल्की-हल्की हलचल और जीवन की खुशबू महसूस हो रही थी।

शिवनाथ शर्मा अपने पुराने फोटो एल्बम के पास बैठे थे।
उनके हाथ थोड़े काँप रहे थे,
लेकिन आँखों में गहरी चमक थी।

नेहा पास आई।
"पापा, आप क्या देख रहे हैं?"
उसने उत्सुकता से पूछा।

शिवनाथ शर्मा ने धीरे से मुस्कुराते हुए कहा—
"बेटी, ये हमारी पुरानी यादें हैं।
तुम्हारे पिता के समय की,
तुम्हारे बचपन की,
और उस समय के संघर्षों की।"

आरव और अनाया पास आए।
"पापा, हमें भी दिखाएँ!"

आरव ने कहा।

शिवनाथ शर्मा ने फोटो दिखाते हुए बताया—

“देखो बेटा,
जब मैं तुम्हारी माँ के साथ था,
हमारे छोटे-छोटे प्रयास,
और जीवन की चुनौतियाँ—
सब कुछ इस घर की नींव बनाते हैं।”

नेहा ने देखा कि बच्चों की आँखों में
रोमांच और समझ दोनों थीं।
“तो पापा,” नेहा ने कहा,
“घर केवल दीवारें नहीं,
यह अनुभव और यादों का संग्रह है।”

शिवनाथ शर्मा ने धीरे से सिर हिलाया।
“बिलकुल।
यही कारण है कि जब मैं पुराने दिनों को याद करता हूँ,
तो मुझे लगता है—
घर में हमारी मेहनत, हमारी कहानियाँ
हर कोने में जीवित हैं।
यह एहसास ही घर की असली ताकत है।”

अनाया ने उत्सुकता से पूछा—
“पापा, क्या हम भी अपनी कहानियाँ ऐसे संजो सकते हैं?”

शिवनाथ शर्मा ने मुस्कराते हुए कहा—
“बिलकुल बेटा।
जब तुम अपने अनुभव और यादों को साझा करोगे,
तो यह घर हमेशा जीवंत रहेगा।
यही घर का असली एहसास है।”

आरव ने धीरे से कहा—
“तो घर केवल रहने की जगह नहीं,
हमारी कहानियाँ और अनुभव भी घर का हिस्सा हैं।”

नेहा ने बच्चों की ओर देखकर कहा—
"देखो बेटा और बेटी,
हम सब मिलकर अपने अनुभव साझा करेंगे।
ताकि यह घर केवल दीवारों का नाम न रहे,
बल्कि हमारी यादों और प्यार का घर बने।"

शिवनाथ शर्मा ने बच्चों के कंधे पर हाथ रखा।
"याद रखो, बेटा और बेटी,
घर वही है जहाँ अनुभव, समझ और प्यार रहते हैं।
और यही हमें जीवन भर मजबूत बनाता है।"

घर की चौखट
खड़ी थी।
वह देख रही थी—
कि पिता की यादें और अनुभव
परिवार के एहसास को और गहरा कर रहे थे।

और उस रात,
आरव और अनाया ने महसूस किया—
घर केवल दीवारों का नाम नहीं,
बल्कि जीवंत यादों, अनुभव और प्यार का घर है।

35

एक झगड़ा और सुलह

शाम का समय था।
घर की चौखट पर हल्की रोशनी थी,
लेकिन रसोई से लेकर लिविंग रूम तक
थोड़ी-सी हलचल और चुप्पी महसूस हो रही थी।

आरव और अनाया
कभी-कभी अपनी बातों पर जोर दे रहे थे।
"यह मेरा टॉय है, मैंने पहले खेला!"
आरव ने कहा।
"लेकिन मैं भी खेलना चाहती हूँ!"
अनाया ने उत्तर दिया।

नेहा पास आई।
"बच्चों, क्या हो रहा है?"
उसने धीरे-धीरे पूछा।

आरव और अनाया ने एक-दूसरे की ओर देखकर
शोर मचाना जारी रखा।

नेहा ने गहरी साँस ली।
"सुनो, बेटा और बेटी, घर केवल खेलने या रहने का स्थान नहीं है।

यह प्यार, समझ और सहयोग का घर है।
अगर हम केवल अपनी बात करेंगे और सुनेंगे नहीं,
तो यह एहसास खो जाएगा।"

अमित पास आए और मुस्कराते हुए कहा—
"देखो, बच्चों, झगड़ा होना सामान्य है।
पर सुलह और समझ ही हमें मजबूत बनाती है।
घर का एहसास तभी कायम रहता है।"

आरव और अनाया ने धीरे से सिर हिलाया।
"माँ, पापा, हमें माफ़ करना।
हम अपनी बात पर ही जोर दे रहे थे।"

नेहा ने बच्चों को गले लगाया।
"बिलकुल बेटा और बेटी।
सुलह करना और एक-दूसरे की बात सुनना
घर का असली एहसास है।
जब हम प्यार और समझ से बात करते हैं,
तब घर जीवंत रहता है।"

अनाया ने मुस्कराते हुए कहा—
"ठीक है, अब हम साथ खेलेंगे।"
आरव ने भी हँसते हुए कहा—
"हाँ, अब मैं भी समझ गया।"

सरला देवी पास आई और मुस्कराई।
"देखो बेटी,
छोटे-छोटे झगड़े होते रहेंगे,
पर प्यार और समझ से सब सुलझ जाता है।
यही घर का असली गुण है।"

घर की चौखट
खड़ी थी।
वह देख रही थी—
कि बच्चों का झगड़ा अब प्यार और सुलह में बदल गया।
घर का एहसास

फिर से मजबूत हो गया।

नेहा ने खिड़की से बाहर देखा।

रात की ठंडी हवा में
घर की हल्की रोशनी
परिवार के प्यार और समझ को महसूस करा रही थी।

और उस रात,
आरव और अनाया ने सीखा—
घर केवल दीवारें नहीं, समझ और सुलह का घर है।

36

सास-बहू की दोस्ती

सुबह की हल्की धूप
खिड़कियों से रसोई में आ रही थी।
नेहा कढ़ाई में सब्ज़ियाँ काट रही थी,
और सरला देवी
धीरे-धीरे मसालों को तैयार कर रही थीं।

नेहा ने मुस्कराते हुए कहा—
"माँ, आज बच्चों के लिए कुछ नया पकाएँ?"

सरला देवी ने हल्की हँसी दी।
"हाँ बेटी, क्यों नहीं।
पर याद रखना, जब हम साथ काम करते हैं,
खाना और भी स्वादिष्ट बन जाता है।"

नेहा और सरला देवी
एक-दूसरे के साथ काम करने लगीं।
बच्चों के लिए हल्का नाश्ता तैयार किया गया।
हर कटिंग, हर मसाले की खुशबू
रसोई को जीवंत बना रही थी।

आरव और अनाया
खिड़की से झांक रहे थे।
"माँ, माँदादी, क्या हम भी मदद करें?"

आरव ने उत्साहित होकर कहा।

नेहा ने मुस्कराते हुए कहा—

"बिलकुल बेटा।
लेकिन पहले हमें एक-दूसरे की मदद करनी चाहिए।
साथ मिलकर काम करने में मज़ा आता है।"

सरला देवी ने सिर हिलाया।

"सही कहा बेटी।
जब बहू और सास मिलकर काम करते हैं,
तो घर में प्यार और सहयोग का एहसास बढ़ता है।"

नेहा ने ब्रेड काटते हुए कहा—

"माँ, मुझे लगता है, हमारी दोस्ती
घर की चौखट को और मजबूत बनाती है।
यह एहसास केवल बच्चों तक ही नहीं,
सबके लिए है।"

सरला देवी ने मुस्कराते हुए कहा—

"बिलकुल बेटा।
और यही घर का असली गुण है—
जहाँ हर रिश्ते में समझ और अपनापन हो।
सास और बहू भी दोस्त बन सकती हैं,
और घर का एहसास और जीवंत बनाती हैं।"

नाश्ता तैयार हुआ।
बच्चे खुश होकर रसोई में आए।
आरव और अनाया ने सरला देवी और नेहा का हाथ पकड़ा।
"आप दोनों के साथ काम करके मज़ा आया!"

नेहा ने मुस्कराते हुए कहा—

"देखो बेटा और बेटी,
घर केवल रहने की जगह नहीं।
यह सहयोग, दोस्ती और प्यार का घर है।
और यही एहसास इसे खास बनाता है।"

घर की चौखट
खड़ी थी।
वह देख रही थी—
कि सास और बहू की दोस्ती
घर में हलचल, प्यार और जीवंतता ला रही थी।
और उस दिन,
नेहा और सरला देवी ने महसूस किया—
घर केवल दीवारों का नाम नहीं,
बल्कि समझ, सहयोग और दोस्ती का घर है।

37

एक परिवार की योजना

सर्दियों की हल्की धूप
खिड़कियों से घर में घुस रही थी।
घर की चौखट
सभी की हल्की हलचल और उत्साह महसूस कर रही थी।

नेहा ने बच्चों और अमित को बुलाया।
"चलो, इस बार की छुट्टियों की योजना बनाते हैं।
हम सब मिलकर तय करेंगे कि कहाँ जाना है और क्या करना है।"

आरव और अनाया तुरंत उत्साहित हो गए।
"माँ, पापा, हम समुद्र तट पर जाना चाहते हैं!"
अनाया ने कहा।
"मैं पहाड़ों में ट्रैकिंग करना चाहूँगा।"
आरव ने जोड़ा।

अमित मुस्कराते हुए बोला—
"ठीक है बेटा,
पर हमें सभी की पसंद का ध्यान रखना होगा।
यही घर का असली एहसास है—सभी के विचार और इच्छाओं को साथ लेकर चलना।"

नेहा ने नोटबुक उठाई।
"हम लिखेंगे कि कौन क्या करना चाहता है,
और फिर योजना बनाएँगे।
साथ मिलकर योजना बनाना भी मज़ेदार होता है।"

आरव और अनाया
अपने-अपने सुझाव लिखने लगे।
सरला देवी पास बैठीं और बच्चों के सुझावों को ध्यान से सुन रही थीं।
"देखो बेटी,
जब परिवार मिलकर योजना बनाता है,
तो घर का एहसास और गहरा होता है।
यह केवल छुट्टी की योजना नहीं,
एक साथ जीवन की तालमेल की योजना है।"

नेहा मुस्कराई।
"सही कहा माँ।
जब हम एक-दूसरे की पसंद, समय और समझ को ध्यान में रखते हैं,
तो घर हमेशा सुरक्षित और जीवंत रहता है।"

अमित ने सभी को देखा।
"तो बच्चों, यह हमारी छोटी-छोटी योजना
घर के एहसास का हिस्सा है।
हर निर्णय में प्यार और समझ शामिल है,
और यही घर की ताकत है।"

रात को जब परिवार बैठा,
सभी ने अपनी योजनाओं और सपनों को साझा किया।
आरव और अनाया
अपनी सूची देखकर खुश थे।
घर की चौखट
खड़ी थी।
वह देख रही थी—
कि परिवार मिलकर योजना बनाकर
घर को केवल रहने की जगह नहीं,

बल्कि एक जीवंत एहसास का घर बना रहा है।

नेहा ने खिड़की से बाहर देखा।

रात की ठंडी हवा
परिवार के उत्साह और तालमेल को महसूस कर रही थी।

और उस दिन,
परिवार ने सीखा—
घर केवल दीवारों का नाम नहीं,
बल्कि सहयोग, समझ और साझा योजनाओं का घर है।

38

अमित की नई जिम्मेदारी

सुबह की हल्की धूप
घर की खिड़कियों से अंदर आ रही थी।
अमित अपने ऑफिस के नए प्रोजेक्ट के बारे में सोच रहे थे।
उनके कंधे पर जिम्मेदारी की हल्की-सी भार महसूस हो रही थी।

नेहा पास आई।
"अमित, सब ठीक है? तुम थोड़े चिंतित लग रहे हो।"

अमित ने मुस्कुराते हुए कहा—
"हाँ, बस नया प्रोजेक्ट मिला है।
थोड़ी चिंता हो रही है कि घर और काम दोनों कैसे संभालूँ।"

नेहा ने उनका हाथ थामा।
"अमित, चिंता मत करो।
घर का एहसास केवल चार दीवारों का नाम नहीं है।
हम हमेशा तुम्हारे साथ हैं।
इसलिए चिंता की जगह भरोसा रखो।"

आरव और अनाया पास आए।
"पापा, क्या हम आपकी मदद कर सकते हैं?"
आरव ने उत्साहित होकर पूछा।

अमित ने मुस्कराते हुए कहा—
"बच्चों, आपका प्यार और समझ ही मेरी मदद है।
घर का एहसास मुझे हर चुनौती में मजबूत बनाता है।"

सरला देवी ने हल्की हँसी दी।
"देखो बेटा, घर केवल आराम का स्थान नहीं है।
यह तुम्हारे अनुभव और जिम्मेदारी को भी संभालने का सहारा है।
जब परिवार साथ है, तो कोई भी चुनौती कठिन नहीं लगती।"

अमित ने गहरी साँस ली और अपने ऑफिस बैग को उठाया।
"ठीक है, अब मैं तैयार हूँ।
घर के प्यार और समर्थन के साथ,
कोई भी जिम्मेदारी आसान लगती है।"

नेहा ने बच्चों की ओर देखा।
"देखो बेटा और बेटी,
जब घर का एहसास मजबूत होता है,
तो बाहर की दुनिया की जिम्मेदारियाँ भी आसान हो जाती हैं।"

आरव और अनाया ने खुशी से हाथ मिलाया।
"हमेशा साथ हैं, पापा!"
अनाया ने कहा।

घर की चौखट
खड़ी थी।
वह देख रही थी—
कि अमित की नई जिम्मेदारी
घर के प्यार और समर्थन के साथ
सुलभ और सहज बन रही थी।

और उस दिन,
अमित ने महसूस किया—
घर केवल रहने की जगह नहीं,
बल्कि साहस, भरोसा और समझ का घर है।

39

नेहा का आत्मविश्वास

संध्या का समय था।
घर की हल्की रोशनी में
नेहा अपने विचारों में गुम थीं।
उसे एक सामाजिक कार्यक्रम में भाग लेना था,
जहाँ उसे लोगों के सामने बोलना था।

आरव और अनाया खिड़की से बाहर झांक रहे थे।
"माँ, आप क्यों परेशान हैं?"
आरव ने पूछा।

नेहा ने मुस्कुराते हुए कहा—
"बच्चों, कभी-कभी हमें ऐसा लगता है कि हम किसी चुनौती में कमजोर हैं।
लेकिन यह सोच गलत है।
घर का एहसास हमें हर चुनौती में मजबूत बनाता है।"

अमित पास आए और कहा—
"नेहा, तुम हमेशा दूसरों को प्रेरित करती हो।
अब तुम्हारी बारी है कि तुम खुद अपने आत्मविश्वास को दिखाओ।
और याद रखना, हम सब तुम्हारे साथ हैं।"

सरला देवी ने हल्की हँसी दी।
"बिलकुल बेटी।
जब घर का प्यार और समर्थन है,
तो कोई भी चुनौती डराने वाली नहीं है।
तुम्हारे अंदर शक्ति है—
और यही घर का एहसास तुम्हें याद दिलाता है।"

नेहा ने गहरी साँस ली।
उसने अपने आप से कहा—
"ठीक है, घर के इस प्यार और विश्वास के साथ,
मैं यह कर सकती हूँ।"

कार्यक्रम स्थल पर पहुँचते ही
नेहा ने बच्चों और अमित की आँखों में उत्साह देखा।
यह देख कर उसका आत्मविश्वास और बढ़ गया।

जब उसने मंच पर कदम रखा,
तो पहले हल्का डर लगा।
लेकिन फिर उसने परिवार के प्यार और समर्थन को याद किया।
उसका शब्द प्रवाह ने सभी को प्रभावित किया।

कार्यक्रम के बाद
आरव और अनाया उसके पास आए।
"माँ, आपने बहुत अच्छा किया!"
अनाया ने उत्साहित होकर कहा।

नेहा ने मुस्कुराते हुए कहा—
"देखो बेटा और बेटी,
जब घर का एहसास मजबूत होता है,
तो कोई भी चुनौती असंभव नहीं लगती।
घर केवल रहने की जगह नहीं,
बल्कि आत्मविश्वास और हौसले का घर है।"

घर की चौखट
खड़ी थी।
वह देख रही थी—

कि नेहा का आत्मविश्वास
घर के प्यार और समर्थन से और मजबूत हुआ।
और उस रात,
परिवार ने महसूस किया—
घर केवल दीवारें नहीं,
बल्कि साहस, प्यार और समर्थन का घर है।

40

घर का उत्सव

सर्दियों की रात थी।
घर की चौखट पर हल्की रोशनी फैल रही थी।
घर के सभी सदस्य उत्साह से व्यस्त थे।
आज घर में एक छोटा-सा उत्सव मनाया जा रहा था—आरव और अनाया के जन्मदिन का मिलाजुला जश्न।

नेहा रसोई में मिठाइयाँ सजाती थीं।
सरला देवी घर को सजाने में व्यस्त थीं।
अमित ने लिविंग रूम में रंग-बिरंगे गुब्बारे और सजावट लगाई।

आरव और अनाया
थोड़े-थोड़े पलों में
खुशियाँ गिनते हुए इधर-उधर दौड़ रहे थे।
"माँ, पापा, ये सब हमारे लिए है?"
आरव ने उत्साहित होकर पूछा।

नेहा मुस्कराई।
"हाँ बेटा, और याद रखना, घर केवल दीवारों का नाम नहीं है।
यह खुशियों, प्यार और अनुभवों का घर है।
आज का उत्सव इसका जश्न है।"

सरला देवी ने हँसते हुए कहा—
"देखो, बेटा और बेटी,

जब हम मिलकर खुशियाँ मनाते हैं,
तो घर का एहसास और गहरा हो जाता है।
हर हँसी, हर मुस्कान घर की आत्मा में शामिल हो जाती है।"

रात के समय
सबके हाथ में कटोरी में मिठाई थी।
आरव और अनाया
अपने-अपने दोस्तों और पड़ोसियों के बच्चों को भी बुलाए।
घर की चौखट
खड़ी थी।
वह देख रही थी—
कि हँसी, प्यार और साझा खुशी
घर को केवल रहने की जगह नहीं,
बल्कि जीवंत और गर्म एहसास का घर बना रही थी।

नेहा ने बच्चों और अमित की ओर देखा।
"देखो, बेटा और बेटी,
जब हम एक-दूसरे की खुशियाँ साझा करते हैं,
तो घर की चौखट और भी जीवंत हो जाती है।
यह एहसास केवल हमारा नहीं,
सभी के लिए है।"

आरव और अनाया
एक-दूसरे की ओर देखकर मुस्कराए।
"माँ, पापा, हमें अब समझ में आया—
घर सिर्फ दीवारों का नाम नहीं है,
यह खुशियाँ और प्यार का घर है।"

अमित ने सिर हिलाया।
"बिलकुल।
हर उत्सव, हर हँसी,
घर के एहसास को और मजबूत बनाती है।
और यही असली घर है।"

और उस रात,
घर की चौखट
खड़ी थी,
परिवार की खुशियों, प्यार और उत्साह को महसूस करते हुए।
घर केवल रहने की जगह नहीं,
यह प्यार, समझ और खुशियों का घर बन गया था।

41

एक बड़ी परीक्षा

सुबह की हल्की रोशनी
आरव और अनाया के कमरे में फैल रही थी।
आज दोनों की स्कूल में पहली बड़ी परीक्षा थी।
बच्चों के चेहरे पर हल्की घबराहट थी।

आरव ने गहरी साँस ली।
"अनाया, क्या तुम तैयार हो?"
उसने धीरे से पूछा।

अनाया ने सिर हिलाया।
"थोड़ी घबराहट है, लेकिन माँ और पापा का समर्थन है।
मुझे लगता है मैं कर सकती हूँ।"

नेहा पास आई।
"बच्चों, याद रखो—
परीक्षा केवल अंक देने के लिए नहीं है।
यह तुम्हारे प्रयास और मेहनत का परिणाम है।
और याद रखना, घर हमेशा तुम्हारे साथ है।"

अमित ने बच्चों को देखा।
"देखो बेटा और बेटी,
चिंता केवल डर पैदा करती है।
लेकिन घर के प्यार और समर्थन से तुम हर चुनौती का सामना कर

सकते हो।"

सरला देवी ने हँसते हुए कहा—
"बिलकुल।
जब तुम घर का एहसास अपने साथ ले जाते हो,
तो कोई भी परीक्षा कठिन नहीं लगती।
सिर्फ अपने दिल की सुनो और पूरी मेहनत करो।"

बच्चों ने धीरे-धीरे अपने बैग उठाए।
आरव ने कहा—
"ठीक है, मैं अब डर को भूलकर कोशिश करूँगा।
माँ, पापा, आपकी सीख मेरे साथ है।"

अनाया ने भी मुस्कुराते हुए कहा—
"हाँ, मैं भी पूरी मेहनत करूँगी।
घर का एहसास मेरे साथ है।"

परीक्षा के बाद
जब बच्चे घर लौटे,
उनकी आँखों में हल्की थकान थी,
लेकिन चेहरे पर संतोष और खुशी थी।

नेहा ने मुस्कुराते हुए कहा—
"देखो बच्चों, तुमने बहुत अच्छा किया।
अंक चाहे जैसे हों,
तुम्हारे प्रयास और साहस ने घर के एहसास को और मजबूत किया।"

आरव और अनाया ने हाथ मिलाया।
"माँ, पापा, अब हम समझ गए—
घर केवल दीवारों का नाम नहीं है,
यह विश्वास, साहस और समर्थन का घर है।"

घर की चौखट
खड़ी थी।
वह देख रही थी—
कि बच्चों की पहली बड़ी परीक्षा
घर के प्यार और समर्थन के साथ आसान और यादगार बन गई थी।

और उस शाम,
परिवार ने महसूस किया—
घर केवल रहने की जगह नहीं,
बल्कि साहस, प्रयास और प्यार का घर है।

42

पड़ोसियों के साथ मिलन

शनिवार की सुबह थी।
घर की चौखट पर हल्की धूप पड़ रही थी,
और घर के सभी सदस्य थोड़ी हलचल में थे।

नेहा ने बच्चों को देखा।
"आज हम पड़ोसियों के साथ मिलकर कुछ समय बिताएँगे।
यह मिलन हमारे घर के एहसास को और मजबूत करेगा।"

आरव और अनाया उत्साहित हो गए।
"हम क्या करेंगे माँ?"
आरव ने पूछा।

नेहा मुस्कुराई।
"हम बच्चों के लिए छोटे-छोटे खेल और गतिविधियाँ करेंगे।
और साथ में बातचीत और साझा अनुभव भी होंगे।"

पड़ोसी भी घर पहुँचे।
आदित्य और उसकी बहन मुस्कुराते हुए आए।
"हैलो! हमें बहुत मज़ा आएगा।"
आदित्य ने कहा।

सभी बच्चों ने मिलकर खेल खेले—
साधारण दौड़, पजल, और रंग-बिरंगी गतिविधियाँ।
बच्चों की हँसी घर के हर कोने में गूँज रही थी।
घर की चौखट
खड़ी थी।
वह देख रही थी—
कि हँसी और साझा समय घर को केवल रहने की जगह नहीं,
बल्कि प्यार और अपनापन का घर बना रहा था।

अमित ने देखा और मुस्कुराया।
"देखो बेटा और बेटी,
जब हम अपने पड़ोसियों और दोस्तों के साथ समय बिताते हैं,
तो घर का एहसास केवल हमारे लिए नहीं रहता।
यह बाहर की दुनिया में भी फैलता है।"

सरला देवी ने बच्चों को देखकर कहा—
"बिलकुल।
साझा समय, दोस्ती और सहयोग
घर के एहसास को और जीवंत बनाते हैं।
और यही असली घर है।"

आरव और अनाया खुशी से झूम उठे।
"हमने आज बहुत कुछ सीखा!"
अनाया ने कहा।
"घर केवल दीवारें नहीं,
यह साझा हँसी और खुशियों का घर है।"

नेहा ने मुस्कराते हुए कहा—
"बिलकुल बेटा और बेटी।
जब हम बाहर की दुनिया में भी अपनापन और सहयोग महसूस करते हैं,
तो घर का एहसास और मजबूत बन जाता है।"

सांझ होने पर
पड़ोसी घर से विदा हुए।
घर की चौखट

खड़ी थी।
वह देख रही थी—
कि यह छोटा सा मिलन
घर के एहसास को और जीवंत और गर्म बना गया था।

और उस शाम,
परिवार ने महसूस किया—
घर केवल रहने की जगह नहीं,
बल्कि साझा हँसी, दोस्ती और अपनापन का घर है।

43

नेहा और अमित की योजना

रविवार की सुबह थी।
घर की चौखट पर हल्की धूप फैल रही थी।
घर में हल्की हलचल थी—
आरव और अनाया अपने-अपने खेल में व्यस्त थे,
लेकिन नेहा और अमित
एक-दूसरे के सामने बैठे
कुछ महत्वपूर्ण बातें योजना कर रहे थे।

नेहा ने नोटबुक खोली।

"अमित, हमें बच्चों के भविष्य और घर की व्यवस्था पर ध्यान देना होगा।
हम चाहेंगे कि घर का माहौल हमेशा सुरक्षित और प्रेरणादायक रहे।"

अमित ने सिर हिलाया।

"बिलकुल। हमें यह सुनिश्चित करना है कि बच्चों के सपने, पढ़ाई और खेल
साथ-साथ चलते रहें।
और घर का प्यार कभी कम न हो।"

नेहा ने मुस्कराते हुए कहा—
"हम एक छोटी योजना बनाएँगे।
हर सदस्य की जिम्मेदारी, समय, और पसंद के अनुसार घर की व्यवस्था करेंगे।
इससे परिवार में तालमेल भी बढ़ेगा।"

सरला देवी पास आई।
"देखो बेटी,
जब परिवार मिलकर योजना बनाता है,
तो घर केवल रहने की जगह नहीं रहता।
यह एक साझा अनुभव और समझ का घर बन जाता है।"

अमित ने सुझाव दिया—
"बच्चों के पढ़ाई के समय, खेल और आराम को ध्यान में रखते हुए
हम घर का समय सारिणी बना सकते हैं।
इससे घर में अनुशासन और प्यार दोनों कायम रहेंगे।"

नेहा ने बच्चों की ओर देखा।
"बच्चों, क्या आप भी इसमें मदद करना चाहेंगे?"

आरव और अनाया खुशी से बोले—
"हाँ माँ, पापा। हम अपनी पसंद और सुझाव देंगे।"

अमित ने मुस्कुराते हुए कहा—
"देखो, बेटा और बेटी,
जब हर सदस्य अपनी राय और सुझाव साझा करता है,
तो घर का एहसास और मजबूत होता है।
यह केवल व्यवस्था नहीं,
प्यार, समझ और सहयोग का प्रतीक बनता है।"

रात को, जब योजना पूरी हुई,
सभी ने महसूस किया कि घर केवल चार दीवारों का नाम नहीं।
घर का एहसास हर निर्णय, हर योजना, और हर साझा विचार में जीवंत था।

नेहा ने खिड़की से बाहर देखा।
रात की ठंडी हवा

परिवार की योजना और तालमेल को महसूस कर रही थी।

और उस रात,

नेहा और अमित ने महसूस किया—
घर केवल रहने की जगह नहीं,
बल्कि साझा समझ, योजना और प्यार का घर है।

44

एक छोटी सैर

रविवार की सुबह
हल्की धूप और ठंडी हवा के साथ घर की चौखट पर फैल रही थी।
नेहा और अमित ने निर्णय लिया कि आज पूरे परिवार के लिए
एक छोटी-सी सैर निकाली जाएगी।

आरव और अनाया उत्साहित हो गए।
"माँ, पापा, हम कहाँ जा रहे हैं?"
अनाया ने उत्सुकता से पूछा।

नेहा मुस्कराई।
"आज हम पास के पार्क में जाएँगे।
थोड़ा समय बाहर बिताएँगे, खेलेंगे और प्रकृति का आनंद लेंगे।
यह सैर हमारे लिए भी एक अनुभव है।"

पड़ोसी और उनके बच्चे भी पार्क में मिलने आए।
आदित्य और उसकी बहन भी शामिल हुए।
बच्चों की हँसी और दौड़-भाग
हर कोने में गूँज रही थी।
घर की चौखट
खड़ी थी।
वह देख रही थी—
कि बाहर का अनुभव भी घर के एहसास का हिस्सा बन रहा था।

अमित ने बच्चों के हाथ पकड़कर कहा—
"देखो बेटा और बेटी,
जब हम बाहर जाते हैं,
तो हम नई चीज़ें सीखते हैं,
पर घर का प्यार और सुरक्षा हमेशा हमारे साथ रहती है।"

नेहा ने आस-पास देख कर कहा—
"सही कहा।
प्रकृति, खेल और मिलन
घर के एहसास को और मजबूत बनाते हैं।
यह एहसास केवल चार दीवारों में नहीं,
बल्कि हमारे अनुभव में भी है।"

आरव ने उत्साहित होकर कहा—
"माँ, पापा, मैं आज बहुत कुछ सीख रहा हूँ।
और मज़ा भी आ रहा है।"

अनाया ने हँसते हुए कहा—
"हाँ, हम दोस्ती और प्रकृति का आनंद भी ले रहे हैं।
घर के एहसास के साथ बाहर भी मज़ा है।"

रात को जब परिवार घर लौट आया,
सभी हलके और खुश थे।
घर की चौखट
खड़ी थी।
वह देख रही थी—
कि बाहर के अनुभव भी घर के एहसास को मजबूत और जीवंत बना रहे थे।

नेहा ने खिड़की से बाहर देखा।
रात की ठंडी हवा
परिवार के सुख और आनंद को महसूस कर रही थी।

और उस दिन,
परिवार ने महसूस किया—
घर केवल रहने की जगह नहीं,

बल्कि अनुभव, खुशी और साझा समय का घर है।

45

आरव का नया शौक

सर्दियों की दोपहरी थी।
घर की चौखट पर हल्की धूप खिल रही थी।
आरव अपने कमरे में बैठा था,
नए शौक के बारे में सोच रहा था—
वह मॉडलिंग और पेंटिंग में रुचि लेने लगा था।

नेहा पास आई।
"बेटा, क्या कर रहे हो?"
उसने मुस्कुराते हुए पूछा।

आरव ने उत्साहित होकर कहा—
"माँ, मैंने सोचा है कि मैं मॉडलिंग और पेंटिंग में हाथ आज़माऊँ।
लेकिन डर भी लग रहा है कि मैं अच्छा कर पाऊँगा या नहीं।"

नेहा ने उसकी कंधे पर हाथ रखा।
"बेटा, डर होना स्वाभाविक है।
पर याद रखो, घर का एहसास तुम्हारे साथ है।
हम हमेशा तुम्हारा समर्थन करेंगे।
और यही तुम्हें आगे बढ़ने की ताकत देगा।"

अमित पास आए।
"देखो बेटा,
जब तुम अपने शौक को अपनाते हो,

तो प्रयास और अभ्यास ही तुम्हें सफलता दिलाते हैं।
घर का प्यार और समर्थन तुम्हारे साथ है,
इसलिए कोई चुनौती कठिन नहीं।"

आरव ने धीरे से मुस्कराया।
"तो मैं कोशिश करूँगा, माँ, पापा।
घर का एहसास मेरे साथ है।"

सरला देवी पास आई।
"बिलकुल बेटा।
हर नया शौक सीखने का मौका है।
और जब घर का प्यार और समर्थन है,
तो कोई भी अनुभव डरावना नहीं होता।
सिर्फ़ आनंद और सीख है।"

आरव ने अपने पहले मॉडलिंग और पेंटिंग प्रोजेक्ट शुरू किए।
घर की चौखट
खड़ी थी।
वह देख रही थी—
कि आरव का नया शौक
घर के प्यार और समर्थन से उसे आत्मविश्वास और ऊर्जा दे रहा था।

रात को,
आरव ने अपने पहले प्रोजेक्ट को दिखाया।
नेहा और अमित दोनों उसकी सराहना करने लगे।
"बिलकुल बेटा, तुमने अच्छा किया।
घर केवल रहने की जगह नहीं,
बल्कि सीखने और विकास का घर है।"

अनाया भी मुस्कुराई।
"मैं भी तुम्हारे साथ अपने नए शौक शुरू करूँगी!"

और उस रात,
घर की चौखट
खड़ी थी।
वह देख रही थी—

कि आरव का नया शौक और परिवार का समर्थन
घर के एहसास को और जीवंत और मजबूत बना रहा है।

46

अनाया की पहली कहानी

संध्या का समय था।
घर की चौखट पर हल्की रोशनी फैली थी।
अनाया अपने कमरे में बैठी थी,
एक नए कॉपीबुक में अपनी पहली कहानी लिख रही थी।

आरव पास आया।
"अनाया, क्या लिख रही हो?"
उसने उत्सुक होकर पूछा।

अनाया ने धीरे से कहा—
"मैं अपनी पहली कहानी लिख रही हूँ, लेकिन डर लग रहा है कि यह अच्छी होगी या नहीं।"

नेहा पास आई।
"बेटी, डर मत करो।
घर का एहसास तुम्हारे साथ है।
हम हमेशा तुम्हारा समर्थन करेंगे।
और यही तुम्हें अपनी कल्पनाओं और विचारों को व्यक्त करने की ताकत देता है।"

अमित ने मुस्कुराते हुए कहा—
"अनाया, याद रखो कि कहानी केवल शब्दों का समूह नहीं है।
यह तुम्हारे अनुभव, कल्पना और भावना का प्रतिबिंब है।
जब तुम अपने दिल से लिखोगी,
तो यह अद्भुत होगी।
और घर का प्यार हमेशा तुम्हारे साथ है।"

अनाया ने धीरे से सिर हिलाया।
"तो मैं लिखना जारी रखूँगी, माँ-पापा।
घर का एहसास मेरे साथ है।"

सरला देवी पास आई और मुस्कराई।
"देखो बेटी,
जब घर का प्यार और समर्थन है,
तो कोई भी प्रयास असफल नहीं होता।
हर शब्द, हर कहानी घर के एहसास का हिस्सा बन जाती है।"

अनाया ने गहरी साँस ली और लिखना जारी रखा।
घर की चौखट
खड़ी थी।
वह देख रही थी—
कि अनाया की पहली कहानी
घर के प्यार और समर्थन से जन्म ले रही थी।

रात को,
अनाया ने अपनी कहानी नेहा और अमित को सुनाई।
नेहा ने खुशी से कहा—
"बिलकुल बेटा, यह अद्भुत है।
तुमने अपने दिल और कल्पना को व्यक्त किया।
घर केवल रहने की जगह नहीं,
बल्कि रचनात्मकता और आत्मविश्वास का घर है।"

आरव ने भी मुस्कुराते हुए कहा—
"मैं भी अपनी कहानी लिखूंगा, अनाया।
घर का एहसास हमें हमेशा प्रेरित करता है।"

और उस रात,
घर की चौखट
खड़ी थी।
वह देख रही थी—
कि अनाया की पहली कहानी और परिवार का समर्थन
घर के एहसास को और जीवंत और सशक्त बना रहा था।

47

एक छोटी छुट्टी

सर्दियों की सुबह थी।
घर की चौखट पर हल्की धूप फैली हुई थी।
नेहा और अमित ने फैसला किया कि आज पूरे परिवार के लिए
एक छोटी छुट्टी निकाली जाएगी।

आरव और अनाया उत्साहित हो गए।
"माँ, पापा, हम कहाँ जा रहे हैं?"
अनाया ने उत्सुकता से पूछा।

नेहा मुस्कुराई।
"आज हम पास के पहाड़ी इलाके में एक छोटी-सी यात्रा पर जाएंगे।
थोड़ा समय बाहर बिताएँगे, प्रकृति का आनंद लेंगे,
और परिवार के साथ नए अनुभव साझा करेंगे।"

पड़ोसी और उनके बच्चे भी साथ आए।
बच्चों की हँसी और उत्साह
घर के हर सदस्य को महसूस हो रहा था।
घर की चौखट
खड़ी थी।
वह देख रही थी—
कि परिवार का सामूहिक समय
घर के एहसास को केवल चार दीवारों तक सीमित नहीं रहने दे रहा था।

पार्क और पहाड़ी रास्तों पर
आरव और अनाया खेलते, दौड़ते और नए फूल, पेड़ और पक्षियों को देख कर खुश हो रहे थे।
नेहा ने अमित की ओर देखा और कहा—
"देखो बेटा और बेटी,
जब हम बाहर के अनुभव भी घर के साथ जोड़ते हैं,
तो घर का एहसास और जीवंत हो जाता है।
यह केवल रहने की जगह नहीं,
बल्कि साझा समय और प्यार का प्रतीक है।"

अमित ने मुस्कुराते हुए कहा—
"सही कहा।
बाहर के अनुभव, खेल और हँसी
घर के एहसास को और मजबूत बनाते हैं।
और यही असली घर है।"

रात को, जब परिवार घर लौट आया,
सभी हलके और खुश थे।
घर की चौखट
खड़ी थी।
वह देख रही थी—
कि यह छोटी छुट्टी
घर के प्यार, समर्थन और साझा समय को और जीवंत बना गई थी।

नेहा ने बच्चों की ओर देखा।
"बच्चों, याद रखो—
घर केवल दीवारें नहीं,
यह अनुभव, खुशी और प्यार का घर है।
और इसे हम हर दिन जीवंत बनाए रख सकते हैं।"

आरव और अनाया मुस्कुराए।
"माँ, पापा, अब हमें समझ में आया—
घर सिर्फ रहने की जगह नहीं,
यह प्यार, समझ और साझा अनुभवों का घर है।"

48

सास-ससुर की सीख

शाम का समय था।
घर की चौखट पर हल्की रोशनी फैल रही थी।
नेहा और अमित अपने बच्चों के साथ लिविंग रूम में बैठे थे।
सरला देवी और उनके पति
धीरे-धीरे पास आए,
उनके चेहरे पर अनुभव और समझ की चमक थी।

आरव और अनाया उत्साहित थे।
"दादी, दादा, हमें आपके जीवन की कुछ कहानियाँ सुनाइए!"
अनाया ने कहा।

सरला देवी मुस्कुराई।
"बिलकुल बेटा और बेटी।
हमारी कहानियाँ केवल पुराने समय की नहीं हैं।
यह जीवन की सीख हैं,
जो घर के एहसास को मजबूत बनाती हैं।"

उनके पति ने सिर हिलाया और कहा—
"देखो बच्चों, जीवन में चुनौतियाँ आएंगी।
पर घर का प्यार और परिवार का समर्थन
हमें हमेशा सही रास्ता दिखाता है।
यही असली शिक्षा है।"

नेहा ने बच्चों की ओर देखा।
"देखो बेटा और बेटी,
जब हम अपने माता-पिता और बुजुर्गों से सीखते हैं,
तो घर केवल रहने की जगह नहीं रह जाता।
यह अनुभव और समझ का घर बन जाता है।"

सरला देवी ने मुस्कराते हुए कहा—
"सही कहा बेटी।
जब हम कठिन समय में भी परिवार के साथ होते हैं,
तो डर और कठिनाई कम लगती है।
और यही घर का एहसास है—
सिर्फ दीवारों में नहीं,
प्यार, अनुभव और समझ में है।"

आरव ने उत्साहित होकर कहा—
"अब मुझे समझ में आया, माँ-पापा।
घर केवल आराम की जगह नहीं,
यह सीखने, समझने और साथ होने का घर है।"

अनाया ने भी सिर हिलाया।
"हाँ, दादी-दादा की बातें हमें हमेशा याद रहेंगी।
और हम भी घर का एहसास और मजबूत बनाएँगे।"

घर की चौखट
खड़ी थी।
वह देख रही थी—
कि सास-ससुर की जीवन-दृष्टि और अनुभव
परिवार के प्यार और समझ को और गहरा कर रहे थे।

और उस शाम,
परिवार ने महसूस किया—
घर केवल दीवारें नहीं,
बल्कि अनुभव, समझ और प्यार का घर है।

49

छोटी सफलता का जश्न

सर्दियों की हल्की शाम थी।
घर की चौखट पर रोशनी की हल्की चमक फैल रही थी।
आरव और अनाया
अपने-अपने स्कूल के छोटे-छोटे प्रोजेक्ट पूरा कर
घर लौटे थे।

आरव ने उत्साहित होकर कहा—
"माँ, पापा, मेरी विज्ञान परियोजना स्कूल में सराहना हुई!"

अनाया ने भी मुस्कुराते हुए कहा—
"और मेरी पहली कहानी को स्कूल में पढ़ाया गया!"

नेहा और अमित ने खुशी से बच्चों को गले लगाया।
"देखो बेटा और बेटी,
छोटी-छोटी सफलताएँ ही हमें आगे बढ़ने की प्रेरणा देती हैं।
और घर का एहसास इन्हीं खुशियों से और मजबूत होता है।"

सरला देवी पास आईं और मुस्कुराईं।
"सही कहा।
जब हम परिवार में हर छोटी उपलब्धि को जश्न के रूप में मानते हैं,
तो घर केवल रहने की जगह नहीं रहता।

यह प्यार, उत्साह और प्रेरणा का घर बन जाता है।"

नेहा ने बच्चों की ओर देखा।

"बच्चों, याद रखो—
सफलता केवल बड़ी चीज़ों में नहीं होती।
छोटी-छोटी उपलब्धियाँ भी
घर के एहसास को मजबूत और जीवंत बनाती हैं।"

आरव ने मुस्कुराते हुए कहा—

"अब मुझे समझ में आया—
जब हम अपनी उपलब्धियों को परिवार के साथ साझा करते हैं,
तो घर और भी खास बन जाता है।"

अनाया ने भी सिर हिलाया।

"हाँ, माँ-पापा, हमें हर सफलता, चाहे बड़ी हो या छोटी,
साथ में मनानी चाहिए।"

घर की चौखट
खड़ी थी।
वह देख रही थी—
कि छोटी-छोटी सफलताएँ और उनके जश्न
घर के एहसास को और जीवंत और प्यार भरा बना रहे थे।

और उस रात,
परिवार ने महसूस किया—
घर केवल दीवारें नहीं,
बल्कि सफलता, खुशी और प्यार का घर है।

50

घर का अंतिम संदेश

रात का समय था।
घर की चौखट पर हल्की रोशनी फैली हुई थी।
सारा परिवार लिविंग रूम में बैठा था।
आरव और अनाया
थोड़े थके हुए, लेकिन खुश थे।
नेहा और अमित अपने बच्चों की मुस्कान देखकर संतुष्ट थे।
सरला देवी और उनके पति
धीरे-धीरे पास बैठे,
उनकी आँखों में अनुभव और संतोष झलक रहा था।

नेहा ने खिड़की से बाहर देखा।
"देखो, बेटा और बेटी,
घर केवल चार दीवारें नहीं है।
यह प्यार, समझ, सहयोग और एहसास का घर है।
जो हमें जीवन की हर चुनौती में संभालता है
और हर खुशी को और विशेष बनाता है।"

अमित ने सिर हिलाया।
"सही कहा।
घर का असली मूल्य केवल रहने की जगह में नहीं,
बल्कि परिवार के प्यार और समर्थन में है।

हमारे अनुभव, खुशियाँ और सीख
हर दिन घर के एहसास को मजबूत बनाते हैं।"

आरव ने उत्साहित होकर कहा—
"अब मैं समझ गया!
घर केवल दीवारें नहीं,
यह साहस, सहयोग और प्यार का घर है।"

अनाया ने मुस्कुराते हुए जोड़ा—
"हाँ, और यह एहसास हमें हर जगह साथ ले जाता है।
स्कूल, खेल, कहानियाँ और शौक—
सब कुछ घर के एहसास से जुड़ा है।"

सरला देवी ने हल्की हँसी दी।
"बिलकुल बेटा और बेटी।
जब हम घर के एहसास को समझते हैं,
तो हर कठिनाई आसान लगती है
और हर खुशी दोगुनी हो जाती है।
यही घर की सच्चाई है।"

नेहा ने परिवार की ओर देखा।
"तो याद रखो—
घर केवल रहने की जगह नहीं है।
यह अनुभव, प्यार, सीख और सहयोग का घर है।
हम इसे हर दिन जीवंत रख सकते हैं—
अपने शब्दों, अपने कार्यों और अपने प्यार से।"

घर की चौखट
खड़ी थी।
वह देख रही थी—
कि परिवार का हर सदस्य
घर के असली मूल्य को समझ चुका है।

और उस रात,
सारे परिवार ने महसूस किया—
घर सिर्फ दीवारें नहीं,

यह एहसास, प्यार, सहयोग और सीख का घर है।
और यही घर की सच्ची ताकत है।

“घर की चौखट – घर सिर्फ दीवारें नहीं, एहसास है”

यहीं अपना संदेश पूरा करता है—
कि घर का असली मूल्य
प्यार, समझ, सहयोग, साझा समय और अनुभव में है।

www.ingramcontent.com/pod-product-compliance
Lightning Source LLC
LaVergne TN
LVHW090404210926
848480LV00002B/447
* 9 7 9 8 9 0 3 6 2 9 7 5 6 *